Die schönsten Volkssagen aus China

中国最美的传说 (I)

Der Reiter im grünen Gewand

青蛙骑手

外 文 出 版 社
VERLAG FÜR FREMDSPRACHIGE LITERATUR

Erste Auflage 2005

ISBN 7-119-03828-1
10-GC-3635P

Herausgeber: Verlag für fremdsprachige Literatur
Baiwanzhuang-Str. 24
100037 Beijing, China
Home Page: http://www.flp.com.cn
E-mail-Adressen: info@flp.com.cn
sales@flp.com.cn

Vertrieb: Chinesische Internationale Buchhandelsgesellschaft
Chegongzhuang Xilu 35,
100044 Beijing, China
Postfach 399, Beijing, China

Vertrieb für Europa: CBT China Book Trading GmbH
Max-Planck-Str. 6A
63322 Rödermark, Deutschland
Home Page: http://www.cbt-chinabook.de
E-mail: post@cbt-chinabook.de

Druck und Verlag in der Volksrepublik China

Inhalt
目录

1. Meng Jiangnü

(Han-Nationalität)

In alten Zeiten herrschte in China ein grausamer Kaiser namens Qin Shi Huang, der eine große Mauer von zehntausend Meilen bauen ließ. Auf seinen Befehl wurden im ganzen Reich kräftige Männer zusammengefangen und als Fronknechte an die Grenze geschickt, wo sie, angetrieben von den Flüchen und Peitschenhieben der Aufseher, Erdwälle auftürmen und Ziegel schleppen mussten, bis ihnen schier die Knochen im Leibe brachen. Bei der unmenschlichen Behandlung, zermürbt und erschöpft von der harten Arbeit, von Hunger und Kälte gepeinigt, starben täglich Tausende dahin.

Unter den Unglücklichen, die zum Mauerbau geholt wurden, befand sich auch ein junger Mann namens Wan Xiliang. Seine Gattin, Meng Jiangnü, eine schöne, kluge und tugendsame junge Frau, bangte in tiefer Sorge um ihren Mann. Seitdem man Wan Xiliang von zu Hause weggeholt hatte, blieb jede Nachricht von ihm aus. Was mochte er wohl erdulden? Aus tiefster Seele hasste sie den grausamen Kaiser, der ihr den Mann entrissen und ihn den Qualen der Fronarbeit ausgeliefert hatte.

Der Frühling kam mit bunter Blumenpracht, die Knospen sprangen und die Fluren grünten. Und einsam wandelte sie den Feldrain entlang und sah, wie sich die Schwalben jubelnd in die Lüfte schwangen. Aus kummerschwerem Herzen drängte sich ein Lied auf ihre Lippen:

Die Pfirsichblüten leuchten
So lieblich im Geäst.
Die jungen Schwalben fliegen
Und suchen sich ein Nest.
Ach, Schwalben, liebe Schwalben,
Wie könnt ihr glücklich sein!
Seht, Meng Jiangnü, die Arme,
Geht ihren Weg allein …

Schnell ging die Zeit vorbei. Schon wurde es Herbst, aber Meng Jiangnü hatte noch immer keine Nachricht von Wan Xiliang erhalten. Wie die Leute erzählten, sollte die Große Mauer irgendwo im fernen Norden gebaut werden, wo es so kalt sei, dass einem die Hände abfrören, wenn man sie nur aus dem Ärmel streckte. Als Meng Jiangnü diese beängstigende Kunde vernahm, nähte sie, von neuer entsetzlicher Sorge gequält, in aller Eile ein warmes,

三月桃花是清明
对对燕子把富寻
双双来往多欢乐
孟姜一人路上行

mit Watte gefüttertes Gewand und ein Paar dicke Filzschuhe für ihren Mann. Niemand aber fand sich, der in jene unwirtliche Gegend reiste, und so entschloss sie sich, ihm die warmen Wintersachen selbst zu bringen.

Frost lag bereits über der Erde, als Meng Jiangnü aufbrach. Traurig schüttelten die Bäume ihre kahlen Äste. Durch öde Felder und einsame Fluren wanderte sie dahin, allein und unkundig des Weges, in die weite, unheimliche Ferne, – sie, die nie noch ihren Heimatort verlassen hatte. Niemand, der sie kannte, niemand, der von ihr wusste. Und zagend wandte sich die scheue junge Frau an fremde Menschen, fragte nach dem Weg und eilte weiter.

Einmal, als es schon tiefe Nacht geworden war und sie noch immer keinen Gasthof finden konnte, schlug sie in einem kleinen Tempel am Waldrand ihr Lager auf. Und kaum hatte sie ihr müdes Haupt auf den steinernen Opfertisch gebettet, fielen ihr auch schon die Augen zu. Da sah sie im Traum ihren Gatten. Zurückgekehrt war er! – Freudig trat sie auf ihn zu; doch nach ein paar Fragen schon brach sie in bittere Tränen aus: Sein Geist war's, nicht er; aus dem Reich der Toten war er zu ihr gekommen.

Verwirrt und bedrückt erwachte sie im hellen Morgenlicht; und in der tiefen Not ihres Herzens verfluchte und verwünschte sie den hassenswerten Zwingherrn, der unzähligen Frauen den Gatten, unzähligen Kindern den Vater geraubt und das Volk in trostloses Elend gestürzt hatte.

Und weiter zog sie, Tag für Tag. Eines Abends, als sie mit staubbedecktem Kleid und schweißüberströmtem Antlitz in ein Rasthaus am Rande einer einsamen Gebirgsstraße trat, fragte mit besorgter Miene die Wirtin, ein freundliches altes Mütterchen, wohin sie denn wandere. Kaum hatte Meng Jiangnü das Ziel ihrer Reise genannt, rief die alte Frau ganz entsetzt: „Ach, zur Großen Mauer willst du! Das ist ja ein schrecklich weiter und gefährlicher Weg. Weißt du dann auch, wie viele Berge und Schluchten, wie viele reißende Ströme und Flüsse du da noch zu überqueren hast! Ach, Kindchen, wie kannst du nur so eine Reise wagen, als junge Frau und ganz allein, schwach und zart wie du bist!" Meng Jiangnü sagte ihr hierauf, dass man ihren Mann zum Frondienst an die Grenze verschleppt habe und sie ihm nun warme Winterkleider bringen müsse. Das alte Mütterchen war sehr gerührt. Um das Schicksal der jungen Frau besorgt und von trüben Ahnungen gequält, begleitete sie sie am nächsten Morgen, wehmutsvoll und bekümmert, noch ein gutes Stück Weges durch die einsamen Berge.

Und weiter zog Meng Jiangnü unverdrossen. Da kam sie eines Tages zu einer finsteren Schlucht. Grau war der Himmel, heulend fuhr der Wind die schroffen Felswände entlang und das dürre Gesträuch raschelte und raunte. Unheimlich tief unten, am Fuß des Berghangs, brauste gischend ein Wildbach vorbei. Eisigkalt war's. Die Abenddämmerung senkte sich herab. Bald konnte sie den Pfad nicht mehr erkennen. Und nirgendwo weit und breit war eine menschliche Behausung zu sehen! So bettete sie sich notgedrungen in einer grasbewachsenen Mulde zurecht. Den ganzen Tag hatte sie nichts gegessen; hungrig lag sie da, zitternd vor Kälte, und dachte an ihren Mann, der im fernen Norden in Schnee und Eis Frondienst leisten musste und noch viel ärgere Leiden auszustehen hatte als sie.

Als Meng Jiangnü am nächsten Morgen die Augen aufschlug – du lieber Himmel! –, schneeweiß war alles um sie her; die Felsen trugen Schneekappen, eine dicke, weiße Decke lag über

Gras und Gestein und hatte auch sie zugedeckt. Wie sollte sie nun den Weg finden? Verzweifelt überlegte sie hin und her und wusste keinen Rat. Da kam plötzlich ein Rabe herbeigeflogen und ließ sich dicht neben ihr nieder. Krah! krah! Er krächzte, flog auf, setzte sich alsdann ein Stückchen weiter wieder zur Erde und rief: Krah! krah! Vielleicht will er mir den Weg zeigen, dachte Meng Jiangnü, die Richtung mag wohl stimmen. Gleich erhob sie sich und folgte ihm; und wahrhaftig, von nun an flog der Rabe immer vor ihr her. Meng Jiangnü schöpfte frischen Mut, und während sie voranschritt, sang sie ein Lied:

Ich geh' durch dichten Flockenfall.
Der Weg zur Mauer liegt verschneit.
Ein guter Rabe fliegt voran. –
Bring' meinem Mann ein warmes Kleid.

Und weiter wanderte sie, bergauf, bergab, durchwatete Flüsse und Bäche, überquerte Ströme und Seen und gönnte sich keine Rast.

Wer weiß, wie lange sie schon gewandert war, als sie eines Tages mit bebendem Herzen die Große Mauer vor sich erblickte. In ein ödes Bergland war sie gekommen, kein Baum, kein Strauch wuchs hier, nur Büschel harten struppigen Grases stachen hie und da aus dem Schnee hervor. Und über die kahlen Kämme und Kuppen schlängelte sich wie eine gigantische steinerne Schlange die Große Mauer. Wie Herden von Lasttieren, getrieben von den Peitschenschlägen und dem rauen Geschrei der Aufseher, eilten keuchend und stöhnend Menschen hin und her und fütterten die Riesenschlange mit Erdbrocken und klobigen Quadern.

Meng Jiangnü wanderte die Mauer entlang und erkundigt sich überall nach ihrem Mann. Tausende von Fronknechten hatte sie schon gefragt, und keiner konnte ihr Auskunft geben. – An Bildern des Grauens wandelte sie vorüber. Abgemagert bis auf die Knochen waren diese Menschen, eingesunken die Augen, gespenstisch bleich die hohlen, eingefallenen Backen; und auf Schritt und Tritt sah sie Sterbende, vor Erschöpfung Zusammengebrochene, Tote ... Wo war ihr Mann? Wo war er nur? Angstgequält, von einer entsetzlichen Unruhe gepackt, suchte sie weiter, fragte und fragte, bis sie endlich zu Menschen kam, die ihr Auskunft geben konnten: Ja, Wan Xiliang, den kannten sie; die Fron hatte ihn aufgerieben: Er war tot, eingesargt im Quaderbau der Großen Mauer ... Als ob man ihr das Herz aus dem Leib gerissen, sank die arme Frau schmerzbetäubt zu Boden. Fronknechte sprangen ihr zur Hilfe. Erst nach langer Zeit erwachte sie wieder aus tiefer Ohnmacht. Mit erneuter Gewalt brach der Schmerz über sie herein, wühlte ihre wunde Seele auf, und herzzerreißend weinte sie, unaufhörlich. Und mit ihr weinten die Fronknechte, die leidgewohnten, todgeweihten Männer. Tag und Nacht weinte sie, weinte so bitterlich, so jammervoll und erschütternd, dass Himmel und Erde, ja selbst die Steine gerührt wurden, dass die Quader aus den Fugen sprangen und die Mauer auf einer Strecke von vielen Hundert Meilen ins Wanken geriet und zusammen stürzte. Und ein Sturm brach los, Steine wurden durch die Luft geschleudert, und ringsumher wurde es finster …

„Niedergebrochen ist die Mauer, erschüttert von Meng Jiangnüs herzzerreißendem Weinen!“ schallte es die Große Mauer entlang. „Ein Wunder ist geschehen!“ riefen alle und wussten sich vor Staunen nicht zu fassen.

Bald hatte auch Kaiser Qin Shi Huang Kunde vom Einsturz der Mauer erhalten, und eilends begab er sich zur Nordgrenze, um Meng Jiangnü mit eigenen Augen zu sehen. Wie verwundert war der

Kaiser, als er eine bildschöne junge Frau zu Gesicht bekam, anmutig und zart wie ein Wesen aus dem Feenreich. Und da er Wohlgefallen an ihr fand, begehrte er von ihr, dass sie ihm zu Willen sei und seine Nebenfrau werde. Meng Jiangnü war der Kaiser in tiefster Seele verhasst; niemals würde sie sich ihm beugen. Und doch tat sie sich nun Gewalt an, als sie mit aller Macht die Flamme des Hasses in ihrem Herzen niederkämpfte und dem Kaiser, so freundlich sie es nur vermochte, zur Antwort gab: „Wenn Ihr mir drei Wünsche gewährt, will ich Euch folgen." „Sprich! Sprich!" rief der Kaiser. „Geschwind! Sag, was du von mir verlangst!" „So hört denn", sprach Meng Jiangnü: „Erstens müsst Ihr meinen verstorbenen Mann in einem goldenen Sarg mit silbernem Deckel aufbahren lassen; zweitens verlange ich, dass Eure Minister und Generäle und Euer gesamtes Gefolge Trauer anlegen; und drittens, dass Ihr, den Trauerstab in der Hand und gleichfalls in tiefste Trauer gekleidet, dem Leichenzug voranschreitet." Ungeduldig hatte ihr der Kaiser zugehört, und kaum dass sie zu Ende gesprochen, erklärte er sich auch schon einverstanden.

Und so geschah denn auch alles, wie sie es

verlangt hatte: Kaiser Qin Shi Huang führte den Trauerzug, gefolgt von seinen Ministern, Generälen und anderen hohen Beamten des Reiches, aber heimlich frohlockte er.

Nachdem man den Leichnam bestattet und Meng Jiangnü ihrem Gatten das Totenopfer dargebracht hatte, warf sie sich schmerzerfüllt auf die Erde nieder und weinte bitterlich; und plötzlich sprang sie auf und stürzte sich kopfüber in den Fluss, der unweit des Grabes vorbeifloss. Dem Kaiser wich das Blut aus dem Antlitz; zornverzerrt starrte er ihr nach. Und als man nun ans Ufer eilte, um die Flüchtige zu ergreifen, da schlugen die Wellen über ihr zusammen und warfen sie wieder empor und drehten sie um und um: – und ehe man sich's versah, hatte sich Meng Jiangnü in ein silberweißes Fischchen verwandelt, das gar flink und geschmeidig in die Mitte des Flusses schwamm. Dort, wo seine Wasser in dunkler, grundloser Tiefe dahinströmten, wurde das Fischchen, das Meng Jiangnü gewesen war, zum letzten Mal gesehen.

1. 孟姜女

（汉族）

从前有个秦始皇，他对待老百姓很残暴。他为了要修万里长城，就满天下抓民夫、拉壮丁。民夫们到了长城边儿上，日挑土，夜搬砖，拼死命的干活儿。可是监工的还嫌不好，打呀骂呀。再加上又劳累，又受气，吃不饱，又穿不暖，天天不知道多少人都给折磨死了。

当时，有个叫万喜良的青年也让抓走了。万喜良有个贤慧、美丽的妻子，叫孟姜女。万喜良被抓去了以后，一直没有消息。孟姜女日夜想念丈夫，想着丈夫让那万恶的皇帝抓去做苦工，不知道在怎样受罪，心里很愤恨。春天，花开草木变青的时候，她在田里的路上走着，看见燕子在空中一起又飞又叫的，心里很难过。不由得一边走一边唱了起来：

三月桃花是清明，
对对燕子把富寻；
双双来往多欢乐，
孟姜一人路上行。

过了些日子，秋天来了，万喜良还没有消息。人家说修长城那地方在老远的北边，那里天气冷得连手都伸不出来。孟姜女听了更加焦急，赶紧做好棉衣、棉鞋，想给她男人捎去。可是，从她家到长城是那样遥远，哪里会有人来往啊！她想来想去，最后就决心自己送去了。

孟姜女一上路，天气已经凉了，树木也都落了叶子，野地里空荡荡的，一个人真够孤寂了。再加上她从小没离开过家，这一次要到远处去，又不知道路，生帮帮的连一个人也不认识，心里急刺喇的实在没个底。她只好一边问，一边走。

一天夜里，她没赶上住店，就住在路边上树林子旁的一个小庙里。她走了一天，这会儿因为累，一躺在石桌上就睡着了。在梦里，她看见丈夫回来了，多高兴呀！可是仔细一问，才知道他已经死了，她伤心的哭了起来。天亮醒来的时候，她又疑惑，又悲痛，心里不由得又骂起那可恨的皇帝，他害得多少人家妻离子散，不能过活。

走呀，走呀，孟姜女不停地走着。

这一天，她住到一家山路边的小店里。店主人是个老大娘，老大娘看见她一个人走的满脸汗，身上又是灰又是土的，就问她要去哪里。孟姜女一说，老大娘心里很难过。她说："真造孽啊！长城离这里那么远，一路上要经过多少荒山野岭，你一个年轻轻的妇人只身一人走在路上又不方便，那怎么能行呢？"孟姜女听完了就说出了自己一定要把寒衣送到丈夫跟前的意思。老大娘心里很感动，可是也着实替她担心。第二天，她起身上路的时候，老大娘还送了她好几里路。

走呀，走呀，孟姜女一天一天不停地走着。

有一天，她到了一处深山里。满天的灰云，刮着大风，天气又很冷。山沟里走一天也见不着一家人家，到处是漫山坡的荒草、棘针、乱石崖。天快黑了，路也看不清了，山底下是一条黑洞洞的河水，走到哪里去呢？没办法，只得在一堆乱草窝里歇下来。因为一天没吃东西，她晚上冻得浑身直打颤。又想到丈夫在冰天雪地里做苦工比自己还不知道要苦多少倍，心里难过得真跟撕着一样。

天亮了，孟姜女睁开眼一看，天哪，到处都是雪！她满身上盖的也是雪！她发起愁来了，怎么走呢？正在这时候，不知从哪里忽然飞来了一只乌鸦，在她身边呱呱叫了几声，就向前飞去了。没飞多远，它停下来再叫两声。孟姜女看见乌鸦飞的方向和她要走的路的方向差不多，就跟着往前走。就这样，乌鸦在前面不断飞着，她在后面不断跟着。这时候，她心里稍微轻快了一些，就一边走一边唱：

“冬季里来雪花飞，
孟姜女雪里送寒衣，
前面乌鸦来领路，
到了长城好相聚。”

走呀，走呀，翻山过岭，涉河跨井。每天孟姜女用尽了全身的力气，不停地往前走着。

不知道又走了多少天，她终于来到了长城跟前，她心里多么激动啊！那地方前面全是山，长城就在山上修建着。山怎么走，长城就跟着怎么走，就像一条大蟒蛇趴在许多山岭的脊梁上。山上山下净是荒草，连棵树都没有。长城下面民夫们的队伍一眼看不到边。

孟姜女一边看，一边沿着长城，从千百万民夫那里打听她丈夫做活的地方。起初没人知道，她就一再走着，问着。民夫们一个个都黄瘦黄瘦的，还有那些累死的，就躺倒在一边。看了这些，孟姜女又想起自己的丈夫还没有下落，心里又难过又着急。

后来，孟姜女才打听出来：万喜良早给折磨死了，尸首就被埋在城墙里。她心里疼的像火烧着一样，立时晕倒了。民夫们看了，连忙跑上去搭救她。过了好久，她苏醒过来，大声凄惨地哭着，一连哭了几天几夜。民夫们也都陪着她掉眼泪。她哭得太伤心了，结果，万里长城都被哭倒了七八百里。这时候天空中也刮起暴风来，一时间，漫天的砂土、石头都卷了起来，又是飞，又是转……

"孟姜女哭倒长城了！"这可把长城边的人惊动了。

秦始皇听说了这事儿，立时就赶到那里，要看看孟姜女是个什么样的人。当他看见孟姜女长得跟天仙一样美，就要她做自己的妃子。孟姜女早已把秦始皇恨死了，哪里还肯转嫁他呢！可是她心机一转，打了主意，就压住心头的仇恨，装着和气的回答他："要我嫁给你也不难，可得依我三件事。"秦始皇连忙问："快说，快说！哪三件事呀？"孟姜女说："头一件，得把我男人的尸首用金棺银盖盛殓起来；第二件，满朝文武官员都要穿白带孝给我男人送殡；第三件，你得打哀幡，穿重孝，把他送到坟上。”秦始皇听了，立时就都满口答应了。

事情就这样办了。秦始皇在前面送殡，官员们都在后面跟着。这时候，秦始皇暗地心里倒挺欢喜。

孟姜女自己祭祀完了，等着把丈夫也埋好了，好好痛哭一阵子以后，就转过身来，用力跳进坟前面的一条河里面。秦始皇一见，马上脸都气白了。等到要人去打捞的时候，谁知道，孟姜女的身子在浪花里翻了几个滚，就变成一条雪白、美丽的银鱼，摇着尾巴，轻悠悠地游到远处蓝色的深水里去了。

2. Großmutter Wolf

(Han-Nationalität)

Vor langer Zeit lebte einmal eine Mutter mit ihren drei Kindern. Eines Tages, als die Großmutter Geburtstag hatte, machte sich die Mutter auf den Weg, um sie zu besuchen. Zuvor aber sagte sie zu ihren drei Kindern:

„Sheng, Dou, Boji, meine Lieblinge, hütet das Haus gut! Sobald die Sonne hinter den Bergen untergeht, müsst ihr die Tür schließen und den Riegel vorschieben! Heute Abend wird eure Mutter nicht zurückkommen."

Die alte Wölfin in den Bergen aber erfuhr, dass die Mutter ihr Haus verlassen hatte.

Als es Abend wurde, schlich sich die Wölfin, die sich als alte Frau verkleidet hatte, vor die Tür. „Bum-bum-bum ...!" klopfte sie heftig an die Pforte.

„Wer klopft draußen?" fragte Sheng.

Die alte Wölfin antwortete: „Sheng, Dou, Boji, meine Lieblinge, eure Oma ist gekommen."

„Ach, Großmutter", sagte Sheng. „Unsere Mutter ist heute zu dir gegangen, um dich an deinem

Geburtstag zu besuchen."

„Mich besuchen? Vielleicht sind wir verschiedene Wege gegangen und haben uns verfehlt!" erwiderte die Wölfin.

Da sagte Sheng: „Großmutter, es ist schon dunkel, warum kommst du so spät?"

„Der Tag ist kurz und der Weg ist lang. Ich habe mich beeilt, aber nun komme ich doch so spät", entgegnete die alte Wölfin.

Der kleinen Sheng aber kam die Stimme der Großmutter verändert vor. Also fragte sie: „Großmutter, warum ist deine Stimme heute so anders?"

„Ich bin erkältet und habe Schnupfen, deshalb bin ich etwas heiser", sagte die alte Wölfin. „Liebe Kinder, es ist dunkel und stürmisch hier draußen. Macht die Tür auf und lasst eure Großmutter schnell hinein!"

Sheng war noch immer misstrauisch und wollte weiter Fragen stellen, aber die zwei jüngeren Schwestern wurden schon ungeduldig und schoben den Riegel zur Seite: „Komm schnell herein, Großmutter!"

Doch kaum war die alte Wölfin in der Stube, da blies sie das Licht aus.

Das gefiel der kleinen Sheng nicht, und so sagte sie missmutig: „Großmutter, wir brauchen das Licht. Warum machst du es aus?"

„Die Augen eurer Großmutter sind entzündet und scheuen das Licht", antwortete die alte Wölfin.

Sheng bat nun die Großmutter, sich auf einen Schemel zu setzen.

Als die alte Wölfin sich niedersetzte, wurde ihr Schwanz eingeklemmt und sie musste vor Schmerz laut aufheulen.

„Was ist dir, Großmutter?" fragte Sheng verwundert.

„Eure Großmutter hat eine Beule am Gesäß. Ich will mich lieber woanders niedersetzen." Und damit setzte sich die alte Wölfin auf einen Korb. Ihr Schwanz, der innen herunterhing, schlug im Korb hin und her.

Da fragte die kleine Sheng wieder: „Großmutter, was bewegt sich da im Korb?"

„Die Großmutter hat euch ein schönes Huhn mitgebracht", antwortete die Wölfin.

Sheng streckte ihre Arme aus und versuchte das Huhn zu fangen, aber die alte Wölfin hinderte sie daran und sagte: „Fang es nicht, sonst fliegt das Huhn über den Fluss."

Dou und Boji umtanzten nun die Großmutter und baten, hochgenommen zu werden.

Die alte Wölfin nahm die kleine Dou auf, betastete sie und sagte:

„Ah, mein Liebling, wie schön dick und fett du bist!“

Dann befühlte sie auch Boji und sagte: „Was bist du für ein süßes, kleines Baby, Boji, so zart und angenehm!“

Mit ihren Vorderpfoten umschloss sie Boji und fuhr fort:

„Mein liebes Kind, deine Großmutter hat dich sehr gern; du darfst auch heute mit der Großmutter am gleichen Kopfende schlafen.“ Dann stellte sich die alte Wölfin gähnend und fügte hinzu: „Die Hühner schlafen schon alle. Gehen wir nun auch zu Bett, meine Lieblinge!“

Die Wölfin nahm nun Boji mit sich, und Sheng trug die kleine Dou. Die alte Wölfin schlief mit Boji an dem einen Kopfende, Sheng mit Dou an dem anderen.

Als Sheng ihren Fuß ausstreckte, berührte sie den behaarten Schwanz der Wölfin.

„Großmutter, warum bist du so haarig?“ fragte Sheng.

„Eure Großmutter dreht Hanfseile und hat ein Bündel Hanf mitgebracht“, antwortete die alte Wölfin.

Als Sheng ihre Arme ausstreckte, berührte sie „Großmutters“ krallige Füße.

„Großmutter, sag, warum ist dein Fuß so spitz?“

„Großmutter näht Schuhe, und da hat sie eine Ahle bei sich.“

Als Sheng ein Licht anzündete, sah sie, dass Kopf und Gesicht der „Großmutter“ mit Haaren überdeckt war. Die Wölfin erschrak sehr über das Licht und beeilte sich, es rasch auszublasen. Sheng aber dachte an Flucht. Sie ergriff Boji, schloss sie in ihre Arme und sagte:

„Boji muss ihr kleines Geschäft verrichten!“

„Also geh unters Bett!“ sagte die Wölfin.

„Das geht nicht! Dort wohnt der Gott des Bettes“, antwortete Sheng.

„Dann geht ans Fenster!“ sagte die Wölfin.

„Dort ist der Gott des Fensters“, antwortete Sheng.

„Also geht zur Tür!“ rief die Wölfin.

„Dort ist der Türgott“, antwortete Sheng.

„Dann geht in die Küche!“ sagte die Wölfin.

„Dort wohnt der Küchengott“, antwortete

Sheng.

„Nun, dann geht nach draußen!“ sagte die Wölfin.

„Dou, Kleine, Dou“, rief Sheng, „führe Boji schnell einmal hinaus …“

Also brachte Dou die kleine Boji vor das Haus.

Dann fragte Sheng: „Großmutter, hast du jemals Ginkgo-Früchte gegessen?“

„Wie schmecken sie?“

„Ginkgo-Früchte schmecken einfach köstlich. Sie sind weich und zart. Wenn man ein einziges Stück davon isst, wird man unsterblich wie die Geister.“

„Schmecken sie noch besser als Menschenfleisch?“ fragte die alte Wölfin.

„Ganz gewiss!“ antwortete Sheng. „Weißt du, wo man sie herbekommt?“ wollte die Wölfin wissen.

„O ja“, sagte Sheng, „sie wachsen auf Bäumen.“

Da seufzte die alte Wölfin und sagte: „Eure Großmutter ist alt und ihre Glieder sind steif. Da kann sie nicht mehr auf Bäume klettern.“

„Liebste Großmutter“, sagte Sheng, „ich werde dir einige Früchte pflücken.“

„Das ist lieb von dir“, sagte die Wölfin, „geh nur schnell und pflücke sie, geh!“

Sheng sprang sogleich aus dem Bett, lief zur Tür hinaus, und suchte Dou und Boji. Sie erklärte ihnen ihren Plan, und zu dritt kletterten sie auf einen großen Baum.

Die alte Wölfin wartete im Bett. Aber so lange sie auch wartete, Boji kam nicht zurück, Sheng und Dou ließen sich nicht sehen, und niemand brachte ihr Ginkgo-Früchte. Schließlich wurde die alte Wölfin ungeduldig, sprang zornig aus dem Bett und eilte vor die Tür. „Sheng, Dou, Boji! Wo steckt ihr denn bloß!" rief sie.

„Großmutter, wir sitzen hier auf dem Baum und essen Ginkgo-Früchte", antwortete Sheng.

„Gutes Kind, pflücke mir auch schnell welche!" forderte die Wölfin.

Sheng aber sagte: „Ginkgo ist eine Feenfrucht. Sie verändert sich, sobald man sie vom Baum nimmt. Du wirst schon heraufklettern müssen, sonst kannst du sie nicht essen."

„Oma, Ginkgo-Früchte schmecken aber fein!" rief die kleine Dou vom Baum herunter.

Die alte Wölfin rannte aufgeregt um den Baum herum, und das Wasser lief ihr im Mund zusammen.

Schließlich sagte Sheng: „Ich habe einen Einfall. Vor der Türschwelle liegt ein Weidenkorb und hinter ihr ein Seil. Binde das Seil an den Weidenkorb, komm her damit und setz dich in den Korb. Das Seilende aber wirf herauf, damit wir dich hochziehen können. Dann kannst du auch Ginkgo-Früchte essen."

„Das ist eine gute Idee", sagte die Wölfin und holte sogleich Korb und Seil. Sie warf das Seilende hinauf, und Sheng zog den Korb mit der Großmutter bis zur halben Höhe des Baumes. Dann ließ Sheng los, und der Weidenkorb sauste hinunter, dass die alte Wölfin tüchtig durchgeschüttelt wurde.

„Oje!" rief Sheng, als ob es ihr Leid täte. „Ich bin nicht sehr stark. Arme Großmutter, du musst dich böse verletzt haben."

„Oma, setz dich noch einmal in den Korb. Diesmal helfe ich meiner Schwester ziehen!" sagte die kleine Dou.

Die alte Wölfin hatte nur einen Gedanken: Ginkgo! Also setzte sie sich wieder in den Korb, und die beiden zogen ihn ruckweise in die Höhe. Sie zogen ihn höher als das erste Mal, bevor sie das Seil losließen. Wieder sauste der Korb hinab, und die alte Wölfin brach sich ein Bein und verletzte sich auch am Kopf. Sie war sehr böse und schimpfte aus vollem Hals.

„Großmutter, verzeih uns“, bat Sheng, und Dou ergänzte: „Die wunderbare Frucht wird jede Wunde heilen.“

Boji rief: „Auch ich helfe euch ziehen.“

„Diesmal fällst du bestimmt nicht!“ sagte Sheng.

Fluchend warf sich die Wölfin in den Weidenkorb. „Jetzt aber vorsichtig, vorsichtig!“ heulte sie. „Es möchte euch gereuen. Früher oder später werde ich euch den Kopf abbeißen, einem nach dem anderen!“ Mit ihrer ganzen Kraft zogen die drei Kinder am Seil. „Hau-ruck! Hau-ruck!“ riefen sie, und der Korb stieg an – höher als das erste Mal, höher auch als das zweite Mal und immer noch höher, bis er dreißig Fuß über der Erde schwebte. Mit ihren Vorderpfoten konnte sie beinahe den Ast des Baumes erreichen. In diesem Augenblick gab Sheng durch ein Hüsteln das Zeichen, und alle drei ließen das Seil los. Da stürzte der Weidenkorb zu Boden, und der Schädel der alten Wölfin zerschellte, und ihr Bauch wurde auseinander gerissen.

„Großmutter!“ rief Sheng, aber von unten gab es keine Antwort.

„Großmutter!“ rief Dou, aber niemand

antwortete. „Großmutter!“ rief auch Boji, aber nichts rührte sich. Da schauten sie alle zur Wölfin hinunter. Die aber war mausetot.

Fröhlich kletterten die Kinder vom Baum hinunter, gingen ins Haus und verriegelten die Tür. Nun konnten sie ungestört schlafen.

Am nächsten Tag kehrte die Mutter zurück. Sie brachte ihren Kindern viele köstliche Leckerbissen von der Großmutter mit. Und wie sie beieinander saßen und Süßigkeiten naschten, erzählten ihr die Kleinen von ihrem nächtlichen Abenteuer.

2. 狼外婆

（汉族）

从前，有一家人家，娘儿四个。一天，外婆过生日，妈妈去拜寿，留下三个孩子看家。

妈妈临走，关照孩子说：

"升儿、斗儿、簸箕口儿，三个好宝贝，好好在家看门，太阳一下山，门儿关好，门闩插牢，妈妈今晚不回来了。"

妈妈一离家，山里的老狼就晓得了。

天一晚，老狼打扮成个老太婆，走到门口，"嘭，嘭，嘭……"地敲门。

升儿问："哪个敲门哪？"

老狼答："升儿、斗儿、簸箕口儿，好乖乖，外婆来了！"

升儿说："咦！外婆哇，我妈给你拜寿去啦。"

老狼说："拜寿，拜寿，我打这条路上来，她打那条路上去，一来一去没碰头。"

升儿说："外婆哇，你怎么早不来，晚不来，拣个黑天半夜来呀？"

老狼说："路长天短，紧赶慢赶，赶上一个大黑天。"

升儿听听声音不像，问道："外婆哇，外婆哇，你声音怎么变啦？"

老狼答："噢，外婆伤风，鼻子不通，说起话来嗡隆嗡隆。——好乖乖，外头天黑风大，快快开门让外婆进来吧！”

升儿不相信，还要问。

斗儿、簸箕口儿等急了，一个拔掉门闩，一个开开大门：“外婆，外婆，快进来！”

老狼一进门，一口气把灯吹熄了。

升儿问道：“外婆哇，灯照得亮堂堂的，为啥吹熄它？”

老狼说：“外婆害眼，怕见光亮。”

升儿摸个板凳请外婆坐。

老狼朝板凳上一坐，尾巴一碰，痛得直叫。

升儿问道：“外婆哇，你叫什么？”

老狼说：“外婆生个坐板疮，还是让外婆坐在笆斗口上。”老狼朝笆斗口上一坐，尾巴在笆斗里“扑通，扑通”地响。

升儿问：“外婆哇，笆斗里是什么东西响呀？”

老狼道：“外婆带来一只老母鸡。”

升儿伸手去捉鸡，老狼一把拦住，说：

“别动，别动，鸡会飞，一飞飞过大河西。”

斗儿、簸箕口儿围着“外婆”，要“外婆”抱。

老狼摸摸斗儿，说：

“嗯，好乖乖，肥肥的，胖胖的！”

摸摸簸箕口儿，说：

“啊呀，好乖乖，粉嫩粉嫩，肉壮壮的！”

老狼抱起簸箕口儿，说：

“好乖乖，外婆欢喜你，你跟外婆一头睡。”

老狼装假打个呵欠说：

“鸡上宿啦，瞌睡虫上来啦，好乖乖，该睡觉啦！”

老狼抱着簸箕口儿上了床，升儿领着斗儿也上了床；老狼带着簸箕口儿睡一头，升儿跟斗儿睡一头。

升儿脚一伸，碰着个毛茸茸的大尾巴，就问道：

“外婆哇，外婆哇，你身上什么东西毛茸茸的？”

老狼说：

“外婆搓麻线，随身带着一把麻。”

升儿手一伸，碰着尖尖的脚爪：

“外婆哇，外婆哇，你脚上什么东西戳人哪？”

“外婆钉鞋底，随身带把铁锥子。”

升儿点个火一照，照见“外婆”满头满脸全是毛。老狼见火吓了一跳，连忙头一伸，一口气把火熄掉。升儿趁势一把抱起簸箕口儿说：“啊呀，簸箕口儿还没有撒尿呢？”

老狼说：“到床底下撒去，”

升儿说：“床底下有床神。”

老狼说：“到窗下去撒去，”

升儿说：“窗下有窗神。”

老狼说：“到门后头撒去，”

升儿说：“门后头有门神。”

老狼说：“到灶口撒去，”

升儿说：“灶口有灶神。”

老狼说：“那就到门外撒去吧！”

升儿说：“斗儿，斗儿，快领簸箕口儿到门外撒尿！”

斗儿领簸箕口儿出了门。

升儿说：“外婆哇，外婆哇，你可想吃人参果？”

“人参果什么样子？”

“外婆哇，人参果好吃呐！人参果，雪白粉嫩像娃娃，一口一咬血沙沙；吃了一个人参果，长生不老做仙家。”

老狼问：“那不比人还好吃么？”

升儿说：“就是啦！”

老狼说：“在哪儿，在哪儿？”

升儿说：“人参果在树上。”

老狼叹口气：“外婆年老骨头硬，不能爬树。”

升儿说：“好外婆，我上树摘给你吃。”

老狼说：“好乖乖，快去摘，快去摘！”

升儿一骨碌下地，跑到门外，找着斗儿、簸箕口儿，三个人一商议，“刺溜，刺溜”地爬上一棵大树。

老狼在床上等，左等右等，簸箕口儿没回来，升儿、斗儿也没回来，人参果当然也没送来。

老狼等急了，一气跳下地，跑到门口直着嗓子叫：“升儿、斗儿、簸箕口儿，死到哪里去了？”

升儿回答道：“外婆哇，我们在树上吃人参果呐！”

老狼说：“好乖乖，快摘下来！”

升儿说：“外婆哇，人参果是仙果，一离树枝就变了！你不上树，就别想吃它。”

斗儿说："外婆哇，人参果多好吃哪！"

老狼在树底下急的团团转。

过了一会儿，升儿说："外婆哇，外婆哇，我有主意啦 门口有只柳筐，门后有根麻绳，你拿麻绳扣住柳筐，再朝柳筐里一坐，绳头朝上一甩；我接着绳头，拉你上来，你就能吃到人参果啦！"

老狼说："好主意，好主意！"

一刻工夫，老狼拿麻绳扣住柳筐，朝柳筐里一坐，绳头望上一甩。

升儿一把接着绳头，"嗨唷，嗨唷"地往上拉，拉到半悬空，升儿手一松，"扑通"一声，柳筐掼下来，老狼跌得昏头昏脑。

升儿说："啊呀呀，升儿人小没有劲儿，累得外婆跌得真不轻！"

斗儿说："外婆哇，你再坐上来吧，这回我帮姐姐拉！"

老狼一心想吃人参果，又朝柳筐里一坐，升儿、斗儿"嗨唷，嗨唷"地一直往上拉，拉得比上一回还要高。两个人手一松，"扑通"一声，老狼腿跌断了，头摔破了，爬起身来，又叫又骂。

升儿说："外婆，外婆，不要恼，"

斗儿说："吃了仙果伤就好，"

簸箕口儿说："簸箕口儿来帮姐姐拉，"

升儿说："保准这回跌不了！"

老狼气狠狠的朝柳筐里一坐，说："小心些，小心些，迟早我要一口一个咬断你们的颈项脖子！”

升儿、斗儿、簸箕口儿，三个人六只手，一齐用劲拉。“嗨唷，嗨唷，嗨唷，嗨唷”一直拉，一直拉，拉得比第一回高，拉得比第二回高，一直拉到离地三丈高。老狼爪子一伸，差一点就搭上树了。

升儿“呃哼”咳了一声，三个人一齐松手。“扑隆通”，柳筐掼炸了，老狼脑浆迸裂了，五脏六腑都掼散了。

升儿叫“外婆”，没见答应；斗儿叫“外婆”，没见答应；簸箕口儿叫“外婆”，也没听见答应。仔细看看，老狼僵挺挺的，死定了。

升儿、斗儿、簸箕口儿欢欢喜喜的“刺溜，刺溜”从树上爬下来，把门儿关好，门闩插牢，安安稳稳睡大觉。

第二天，妈妈回来了。妈妈从外婆家里带来许多好吃的东西。升儿、斗儿、簸箕口儿，好东西吃不完，话儿也说不完。

3. Die Votivtafel für den Regengott

(Hui-Nationalität)

In früherer Zeit lebte in einem Dorf bei Kunming ein alter Mann namens Ma Yingsheng mit seiner Frau. Schon über dreißig Jahre war das Paar verehelicht, war aber ohne Söhne und Töchter geblieben. Wie gern hätten sie einen Nachkommen gehabt!

„Barmherziger Allah, verleih uns ein Kind!" Das war auch im Alter noch das tägliche Gebet der einsamen Leute.

Eines Jahres war die Frau plötzlich gesegneten Leibes. Das war eine unerhörte Freude für das Ehepaar.

Aber ein ganzes Jahr verging, ohne dass die Frau niederkam. Ein zweites Jahr ging ohne Geburt vorbei. Der alte Mann meinte zu seiner Frau: „Du hast bestimmt eine krankhafte Leibesschwellung! Wo gibt's denn so etwas wie eine zweijährige Schwangerschaft?!"

Nach dreijährigem Zuwarten wurde dann aber doch ein Kind, ein Sohn, geboren. Das betagte Paar weinte Freudentränen. Aber nachdem das Kind nicht früher hatte zur Welt kommen wollen, hätte es jetzt besser auch noch etwas länger damit gewartet. Das Geburtsjahr war nämlich ausgerechnet ein schreckliches Dürrejahr. Der Vater gab ihm den Rufnamen Ganhan, „der zur Dürrezeit Eingetroffene".

Mit zwei Monaten konnte Ganhan bereits laufen und mit drei Monaten sprechen. Nach einem halben Jahr ging er schon mit seiner Mutter in die Berge, wo sie Pilze und Brennholz sammelten.

Die Dürre hielt zwei Jahre an, zwei Jahre lang regnete es keinen Tropfen. Auf den Feldern war ans Pflanzen nicht zu denken. Kümmerlich nährten sich die Bauern von Baumrinde und Graswurzeln.

Eines Tages wandte sich Ganhan an die Mutter: „Warum pflanzen und essen wir keinen Reis?"

„Kind, der Drachenkönig schickt keinen Regen, wie soll man da Reispflänzlinge setzen!"

„Mutter, ich gehe zum Drachenkönig."

„Kind, der Drachenkönig wohnt im Drachenpalast, tief im Wasser darunter. Wer zu ihm hin will, muss es lange unter dem Wasser aushalten, muss gut tauchen können!"

Von nun an war Ganhan täglich am Schwarz-Drachen-Teich zu finden, um sich im Schwimmen und Tauchen zu üben. Er übte bei heißem und bei kühlem Wetter, keinen einzigen Tag setze er aus; und jeden Tag suchte er in der Wassertiefe den Drachenpalast.

In welch bodenlosem Abgrund lag der Drachenpalast! Ein Tag verging, zwei Tage vergingen ... ein ganzer Monat verging, aber Ganhan konnte nicht hinfinden. Er tauchte und suchte ganze hundert Tage, bekam jedoch den Drachenpalast nicht zu Gesicht.

Am hundertsten Tage hatte Ganhan sich müde gesucht und schlief, ohne sich dessen bewusst zu werden, im Wasser ein. Gleich darauf gelangte er an einen wunderbar durchscheinenden Palast. Aus dem Tor des Palastes trat gemessenen Schrittes eine unvergleichlich schöne Prinzessin heraus. Gekleidet war sie in ein Korallengewand, ihre Schuhe waren aus Achat und mit Perlen besetzt; das Antlitz leuchtete in den verschiedensten Farbtönen, und aus ihren Augen kam ein helles Strahlen, so mild und so lieblich wie der Mondschein im Herbst.

Ganhan staunte die Prinzessin mit großen Augen an. Sie öffnete als erste den Mund: „Ganhan, willst du in den Drachenpalast, dann suche zuerst die Drachenhöhle! Hast du die gefunden, wirst du

den Drachenkönig im Schlaf finden. Nimm die gute Gelegenheit wahr: Was du tun musst, tue schnell!" Die Stimme der Prinzessin klang rein und klar wie das Klirren von Kristall; bei jedem ihrer Worte rollte aus dem Mund eine Perle hervor.

Weiter gab die Prinzessin ihm noch an, wie er den Regengott finden könne. Aber ehe sie zu Ende gesprochen hatte, ging ein starkes Wallen durch das Wasser; die Prinzessin wandte sich ab und eilte davon. Eben wollte Ganhan hinter ihr dreinstürmen, da trug ihn ein Wirbel an die Oberfläche. Er wachte auf. Tief holte er Atem und tauchte dann wieder unverzüglich in die Tiefe. Dabei schlug er den Weg ein, den die Prinzessin ihm verraten hatte.

Ganhan spürte jetzt tatsächlich eine mannshohe Höhle auf. Er drang in sie ein. Pechschwarz war es darin und eiskalt. Der Junge biss die Zähne zusammen. Sich einmal nach Osten und einmal nach Westen wendend, tastete er sich voran. Wo seine Hände und Füße anstießen, starrte es von messerscharfen Steinspitzen. Mit unglaublicher Mühe erreichte er das Ende der Höhle. Hier befand er sich vor einem doppelflügeligen Tor, das fest verschlossen und mit scharfen Stacheln besät war.

Ganhan drückte mit den Händen gegen das Tor, bis die Hände zerstochen waren; er trat mit den Füßen dagegen bis auch sie zerspießt waren; er stemmte sich mit seinem ganzen Körper dagegen, bis auch am Körper keine heile Stelle mehr war.

So klopfte und drückte er einen ganzen Tag und eine ganze Nacht, aber das Tor blieb fest verschlossen. Da hörte er auf einmal die zarte Stimme der Prinzessin dicht neben seinen Ohren rufen: „Ganhan, ach, Ganhan! Willst du das Tor öffnen, hole flugs die Drachentafel herbei!"

Auf der Stelle wandte Ganhan sich vom Tor ab und verließ die Drachenhöhle. Wieder dem Wasser entstiegen, suchte er sich auf dem Berg hinter dem Teich einige Heilkräuter, die er auf seine Wunden legte.

Nachdem er zu Hause angekommen war, fragt er wieder die Mutter: „Wo ist die Drachentafel?"

„Kind, die Drachentafel befindet sich in der Moschee."

Ganhan eilte sofort zur Moschee. An jenem Tag war gerade Freitag, der allwöchentliche Gebetstag der Muslime. Schon seit vierzig Tagen wollte man eine Bittprozession um Regen abhalten, an der alle Moslems teilnehmen wollten; aber es fehlte noch der Mann, der brauchgemäß, dem Regen- und Wassergott zu Ehren, eine kupferne Votivtafel, die „Drachentafel", in der Drachenhöhle aufstellen würde.

Ganhan begrüßte den Vorsteher der Gläubigen. Dann sagte er: „Ich möchte die Drachentafel holen!"

„Du möchtest die Drachentafel aufstellen? Ausgezeichnet!" Der Vorsteher hatte sich etwas verhört und hocherfreut verstanden, der Votivtafeltaucher habe sich endlich gefunden. Freundlich fragte er weiter: „Wie heißt du? Bist du auch mit dem Wasser vertraut?"

„Ich heiße Ganhan und bin im Wasser wie zu Hause, ich kann sogar unter Wasser schlafen!"

„Moslems! Allah sei gedankt!" rief der Vorsteher in die Versammlung. „Nun haben wir jemand, der die Votivtafel aufstellt!"

Alle falteten die Hände. Auch Ganhan schloss sich dem Gebet an.

Dann setzte sich die Bittprozession in Gang. Niemand trug eine Kopfbedeckung, niemand hatte Schuhe an den Füßen; alle hielten Weihrauchstäbe in den Händen, und von ihren Lippen kamen fromme Gebete. Einer der Vorsteher trug die Drachentafel in seinen Händen hoch erhoben voran.

Ganhan folgte der langen Reihe zum Schwarz-Drachen-Teich. Hier erst fanden die von der sengenden Sonne verbrannten und fieberglühenden Leiber einige Kühlung.

Ganhan empfing aus den Händen des Vorstehers die Drachentafel. Er nahm sich nicht einmal die Zeit zum Entkleiden und tauchte mit beherztem Sprung in die Tiefe. Sobald er sich in die Drachenhöhle hineingetastet hatte, pochte er mit der Drachentafel an das Tor, dessen Flügel sofort von selbst aufsprangen. Vor ihm tat sich ein hellschimmernder Palast auf, der Drachenpalast, den eine weichzarte Musik durchtönte. In seinem langen schwarzen Prachtgewande lag der Drachenkönig auf seinem üppigen Lager und schlief. In seinem Munde hielt er locker eine blutrote, kostbare Perle.

Ganhan trat geschwind, wie ihn die Prinzessin gemahnt hatte, an den Drachenkönig heran, entriss ihm die kostbare Perle und verschluckte sie.

Verstört schrak der Drachenkönig aus seinem Schlummer auf; aus Nase und Rachen stieß er Feuer hervor und schrie dröhnend: „Wer hat meine Perle gestohlen?"

„Ich hab' sie verschluckt", bekannte Ganhan

voller Mut.

Wutentbrannt sprang der Drachenkönig auf, ergriff sein Schwert und drohte fürchterlich: „Schnell die Perle herausgerückt! Säumst du, hackt dich der alte Drache in acht Stücke!"

„Du schwarzer Tölpel! Wie viele Menschen auf der Welt hast du in den Hungertod getrieben! Heute in einem Jahr wird das Jahresgedächtnis deines Todes gehalten! Lass jetzt deinen eigenen Schädel den Standort wechseln!" Mit diesen Worten hob Ganhan die Drachentafel in die Höhe: ein Schlag, und er hatte den Drachenkönig zu Boden geschmettert; ein zweiter Schlag, und er hatte dem Drachen die Hörner abgeschlagen; ein dritter Schlag, und er hatte den Schädel des Drachen vom Rumpfe getrennt.

Als der Drachenkönig tot war, verwandelte sich Ganhan selbst in einen Drachen und flog aus der Drachenhöhle hervor, und überall ging ein gewaltiger Regen nieder.

3. 插龙牌 *

（回族）

从前，昆明的一个村里，住着一个叫马应升的老头和他的老婆。

两老夫妇结婚三十多年了，却没生下一男半女，他们是多么希望有一个儿女啊！

“慈悯的主啊，给我们一个儿女吧！”老俩口天天都在祈祷。

有一年，老妇人忽然怀孕了，老俩口多高兴啊！

可是，一年过去了，不见生；两年过去了，也不见生。老头说：“定是得了大肚子病吧！那有怀胎怀几年的？”

怀到第三年，生了。老俩口喜欢得眼泪都掉了出来。可是，早不生，迟不生，偏偏赶上这年干旱，老头便把小孩叫做“赶旱”。

赶旱才两个月就会走路，三个月就会说话，半岁的时候，已经能跟着妈妈上山找菌拾柴了。

天一连干了两年，一连两年都没下雨。田地里下不了种，庄稼人只好找点树皮草根充饥。

一天，赶旱问妈妈：“怎么不种稻吃呢？”

“孩子，龙王不下雨，米粮下不了种呀！”

---

* 插龙牌：回族求雨的时候，要有一个水性好的人到龙洞里去插一块铜做的龙牌。

"妈妈，我去找龙王吧！"

"孩子，龙王住在龙宫里，找龙王要有好水性。"

这样，赶旱就天天跑去黑龙潭练水性。热天去练，冷天也去练；天天练水性，天天找龙宫。

龙宫在得好深呀！一天、两天……一个月过去了，没找上；第二个月过去了，也没找上；整整找了一百天，龙宫仍然不见。

这天，赶旱找累了，就昏昏的在水里睡起觉来。

刚一闭眼，便到了一座通明透亮的宫殿。一位非常美丽的公主从殿里缓缓走来，公主穿着珊瑚做的衣裳，玛瑙和珍珠做的鞋。她的脸上闪着五色光彩，眼里射出的光柔美得像秋天的月光一样。

赶旱惊奇地呆看着公主。公主却先开口了：

"赶旱，要找龙宫，先找龙洞；趁龙王还在睡觉，要找赶快找！"公主的声音像敲水玻璃杯那样清脆。说一个字嘴里就滚出一颗晶亮晶亮的珍珠。

公主还告诉了找龙王的办法，话没说完突然起了一阵波浪，公主掉头跑了。赶旱赶着追去，却一下漂出了水面。赶旱醒了，换了口气，照着公主说的路找去，果然找到了一个一人多粗的洞。赶旱进洞去，洞里漆黑，水冷得像冰一样。赶旱咬一咬牙，东一弯西一拐的摸着下去；手触着的地方都是像刀一样锋利的尖石。好容易摸到洞底，洞底是锁得紧紧的两道门，门上尽是刺。赶旱用手推，手划破了；用脚蹬，脚划破了；用身子顶，身子也划破了。推了一整天，门没有开；敲了一整夜，门还是关得严严的。一天一夜，赶旱的手脚都弄成了血糊的块块。

“赶旱呀赶旱，”赶旱的耳边响起了公主的悄声叫唤，“若要门打开，快拿龙牌来。”

赶旱只好折出洞，在后山采些药草，敷好周身的伤。

赶旱回到家，又问妈妈：

“龙牌在哪里呀？”

“孩子，龙牌放在清真寺。”

赶旱马上到清真寺去了。

这天是主麻*，所有的穆民**要去求雨，议论了四十天啦，就是差个插龙牌的人。

赶旱问候了阿訇***，说道：

“我来拿龙牌。”

“你插龙牌吗？好极啦！”阿訇听走了音，以为是来了插龙牌的人。

“你叫什么名字？识不识水性？”阿訇高兴的接着问。

“我叫赶旱，识水性，还能在水里睡觉呢！”

“穆民们！知感主****！我们有插龙牌的人了！”阿訇高兴的大叫着。

---

* 主麻：阿拉伯文“集会”一词的译音。伊斯兰教徒每逢星期五在清真寺中做集体礼拜。

** 穆民：信仰伊斯兰教的人被称为“穆民”，也叫穆斯林，是阿拉伯文的译音。

*** 阿訇：对伊斯兰教有研究而在宗教方面作领导的人。

**** 知感主：感谢主宰的意思。

所有的人都捧起手来，赶旱也跟着祈祷。

有了人插龙牌，求雨的队伍就出发了。人人光着头，赤着脚，手里拿着香，嘴里念着经。龙牌是由一个阿訇双手捧着。赶旱跟着大家到了黑龙潭，那被火般的太阳烤得发烧的身子，才算稍稍有点凉爽。

阿訇到底把龙牌递给赶旱了，赶旱接着牌，衣裳都顾不得脱就一头栽下水，摸进龙洞，用龙牌往门上一敲，两扇有刺的门自动地开了。

赶旱走进明晃晃的龙宫，龙宫里响着幽静的音乐。一个通身黑袍的龙王正躺在殿上睡觉，嘴里松松地含着一颗血红的宝珠。赶旱没有忘记公主的话，赶忙过去抓了宝珠，一口吞下。

黑龙王惊醒了，鼻子嘴里都喷出火来。大声叫着：

"谁偷了我的宝珠？"

"是我吞了！"赶旱回答。

龙王气得跳了起来，抓了一把剑，恶狠狠的说：

"快把宝珠还出来，要是还慢了，老龙把你砍八块。"

"黑糊涂，你饿死世上多少人！明年今日是你的死忌，让你自己的脑袋搬家吧。"赶旱说着举起了龙牌，一下，把龙王打倒，两下，打平了龙角，三下，打掉了龙王脑袋。

龙王死了，赶旱自己变成了龙，唰的飞出洞去，遍地都下了瓢浇桶倒的大雨。

4. Die Geschichte eines Gefolgsmannes

(Mongolische Nationalität)

Vor langer Zeit lebte auf der Grassteppe ein Fürst, der seinen Adelsrang geerbt hatte. Er verfügte über unabsehbares Weideland und unermessliche Herden, hatte Hunderte von Gefolgsleuten, Knechten und sogar eine eigene Truppe. Er besaß wirklich ein unschätzbares Vermögen und große Macht. Leben und Tod seiner Untertanen hingen an seinem Wort. Unter seiner Herrschaft aber wurde das Volk gering geachtet und unterdrückt. Zu seinen Gefolgsleuten gehörte ein stattlicher junger Mann, der Ulan Bator hieß. Bator war ein meisterhafter Bogenschütze. Weder die Vögel am Himmel noch die Tiere auf der Erde konnten seinem Pfeil entfliehen. Er traf stets sein Ziel und war auf Grund seiner Treffsicherheit weit und breit bekannt.

Eines Tages kehrte er von der Jagd zurück und traf am Weg einen weißhaarigen alten Mann. Der Greis sagte zu ihm: „Ulan Bator, du bist schon erwachsen und ein tüchtiger Schütze, warum

rächst du nicht deinen Vater? Der Habicht zieht in den Himmel, aber sein Schatten bleibt noch auf der Treppe. Bator, wie kannst du deine Eltern vergessen!" Ulan Bator hörte die Worte, stieg vom Pferd, warf sich vor dem alten Mann auf die Knie und bat ihn, ihm zu sagen, wer seinen Vater getötet hatte. Der Alte schüttelte den Kopf und sagte: „Du wirst Bescheid wissen, wenn es Zeit ist." Dann ging er in Richtung Westen davon. Bator sah dem alten Mann nach, bis er verschwunden war, schwang sich in den Sattel und ritt nach Hause. Kaum hatte Bator die Jurte betreten, erfasste er die Hand seiner Mutter und fragte sie: „Wie ist mein Vater gestorben?" Die Mutter war anfangs verstört, als Bator sie so erregt bestürmte. Dann beruhigte sie sich und erklärte: „Ich habe dir schon mehrmals gesagt, dass dein Vater an einer Krankheit zu Tode gekommen ist. Damals warst du erst ein Jahr alt. Warum fragst du heute wieder danach? Hast du jemanden dummes Zeug reden gehört?" Bator wagte nicht, die Worte des alten Mannes zu wiederholen und verbarg die Frage in seinem Herzen.

An diesem Abend lag Bator auf seiner Matte und wälzte sich schlaflos hin und her. Plötzlich hörte er jemanden schluchzen. Er richtete sich auf und vernahm, dass die Seufzer aus der eigenen Jurte kamen. Es war seine Mutter. Er erhob sich, ging zur Schlafmatte der Mutter, ergriff die Hand der Mutter, fiel vor ihr auf die Knie und sagte: „Der Baum war zwar hoch, aber im Vergleich zu der liebevollen Fürsorge meiner Eltern ist er nur ein Zoll aus tausend Fuß. Mutter, sage mir doch, was du auf dem Herzen hast." Die Mutter weinte und sagte: „Mein Kind, du bist nun erwachsen und verständig. Was du wissen sollst, kannst du jetzt erfahren. Ich habe dich nicht betrügen wollen, aber ich fürchtete, dass dir etwas zustoßen könnte, wenn ich dir die Wahrheit sagte. Dein Vater ist nicht an einer Krankheit gestorben. Er ist vom Fürsten lebendig begraben worden, weil er Gada folgte und sich gegen den Fürsten erhob. Damals warst du ein Jahr alt. Ich floh mit dir. Acht Jahre lang sind wir als Bettler umhergezogen. Aber die Steppe und die Jurten blieben mir stets vor Augen. Wie konnte ich meine Heimat vergessen! Ich habe meinen Namen geändert und kam zurück. Ich wurde wieder Sklavin des Fürsten, täglich beschimpft und gepeitscht. Ich hoffte, dass du schnell erwachsen werden würdest." Die Mutter war in Tränen aufgelöst und konnte nicht weiter sprechen. Auch Bator traten Tränen in die Augen. Langsam stand er auf und wischte sich die Tränen aus dem Gesicht. Mit den Zähnen knirschte er, mit den Augen schoss er Blitze. Er nahm den Bogen und Pfeile von der Wand, schlug sich mit der Hand gegen die Brust und sagte: „Mutter, ich gehe den Fürsten töten und meinen Vater rächen!" Die Mutter umschlang Bators Knie und flehte: „Mein Kind, du darfst nicht zu ihm gehen, du könntest umgebracht werden." Bator antwortete: „Ich habe keine Angst, ich scheue kein Opfer!" Die Mutter stand auf, umklammerte Bator fest mit den Händen und bat: „Hör auf mich, mein Kind. Die blutige Rache muss genommen werden. Aber du kannst es nicht allein machen, denn der Fürst hat viele Wächter." Mit Mühe beherrschte sich Bator, denn er wollte seiner Mutter keinen Kummer bereiten.

Seitdem hörte man Bator nicht mehr singen. Das stürzte die Mutter in große Sorge. Jedes Mal, wenn Bator ausritt, betete sie in der Jurte zur Buddhastatue, damit Bator nichts zustoße. Und immer, wenn Bator zurückkam, warf sie sich erleichtert vielmals vor der Statue zu Boden. Aber was kommen sollte, kam. Eines Tages befahl der Fürst Bator, ihn auf einem Jagdzug zu begleiten. Bator verbarg den Hass in seinem Herzen und begegnete dem Fürsten mit kecker Liebenswürdigkeit. Den Fürsten erboste das freimütige Auftreten seines Gefolgsmannes, wütend erhob er seine Peitsche. Bator entriss ihm die Peitsche, versetzte ihm damit einen derben Hieb und sagte: „Erinnerst du dich noch an den alten Ulan? Du hast meinen Vater ermordet. Ich muss Rache nehmen.“ Als Bator die Peitsche zum zweiten Mal schwang, um den Fürsten zu schlagen, drängten sich die Leibwächter um ihn. Bator wehrte sich mit heftigen Schlägen, aber schließlich gelang es den Wachen, Bator zu fesseln und ihn ins Gefängnis zu bringen.

Einige Tage später stürzten mehrere Knechte des Fürsten ins Gefängnis und schleppten Bator ins Freie. Es war eine sehr dunkle Nacht, aber die Jurte des Fürsten war von Lichtern erhellt. Der Fürst lachte höhnisch, als Bator vor ihn gebracht wurde. Dann sagte er: „Ich befehle dir, den goldenen Ring der Prinzessin, der in den Brunnen gefallen ist, heraufzuholen. Wenn du es schaffst, lasse ich dich frei.“ Bator antwortete trotzig: „Jeder

Mensch weiß, dass dein Brunnen keinen Grund hat. Du brauchst mich nicht mit dem goldenen Ring zu betrügen. Sage doch offen, wenn du mich töten willst. Ich habe keine Angst! Der Sturm geht doch zu Ende. Schließlich werden deine Sehnen herausgezogen, deine Haut abgezogen, dein Fleisch aufgefressen …"

Bator wollte noch weiter sprechen, aber der Fürst bebte vor Wut. Er rief: „Macht schnell und werft ihn in den Brunnen!" Bator wurde aus der Jurte gezerrt und in den Brunnen geworfen.

An diesem Tag wartete Bators Mutter vor der Tür ihrer Jurte. Die Sonne ging unter, aber Bator kehrte nicht zurück. Der Mond ging auf, aber Bator kam nicht. Die Sterne verschwanden, aber von Bator war immer noch nichts zu sehen. Die Mutter wurde unruhig und ging zum Fürsten. Eine Magd zeigte Mitleid mit Bators Mutter und berichtete ihr heimlich, dass Bator den Fürst erzürnt und dass der Fürst ihn ins Gefängnis geworfen hatte. Bators Mutter ging von Jurte zu Jurte und wandte sich an alle Menschen mit der Bitte, Fürsprache beim Fürsten für ihren Sohn einzulegen. Sie weinte Tag und Nacht. Aber Bator kehrte nicht zurück. Sie wusste nicht, dass Bator schon vor vielen Tagen in den Brunnen geworfen worden war.

Bator wusste nicht, wie lange er im Brunnen gewesen war. Plötzlich hörte er das Murmeln eines Baches. Er schlug die Augen auf und fand, dass er am Ufer eines kleinen Flusses unter einem Baum lag. Er war sehr verwirrt. „Bin ich tot oder nicht?" Er biss in seinen Daumen. Der Daumen schmerzte ihn, so dass er überzeugt war, dass er noch lebte. Er setzte sich auf und stellte fest, dass seine Verletzungen gut verheilt waren. „Was ist nur mit mir los?" fragte er sich. Während er sich umblickte, sah er in der Nähe einen Mann auf dem Bauch liegen, der einmal sein linkes Ohr, dann das rechte Ohr an den Boden presste. Bator fand das merkwürdig. Er ging zu ihm und fragte: „Was machst du?" „Ich gehöre zur Gefolgschaft des Unterirdischen Königs. Ich habe vernommen, dass Ulan Bator in Not geraten und im Unterirdischen Königreich angekommen ist. Ich möchte mich mit ihm anfreunden."

Bator fragte: „Welche Fähigkeiten besitzt du, dass du dich mit ihm anfreundest?"

Der Lauschende stand auf und sagte: „Ich kann die Leute am anderen Ende des Berges sprechen hören, wenn ich mein Ohr an den Boden lege. Ich bin Kurier. Wer bist du?“

„Ich bin dein Freund, Ulan Bator!“

Der Lauschende war hoch erfreut und lud Bator in seine Jurte ein. Bator sagte: „Wie ein Lamm, das seine Mutter keinen Augenblick verlassen kann, kann ich meine Heimat nicht verlassen. Meine Rache ist noch nicht erfüllt. Wie kann Bator auswärts bleiben! Meine Mutter wartet auf mich. Ich muss sofort nach Hause zurückkehren.“ Der Lauschende vermochte Bator nicht zurückzuhalten und versprach ihm, ihn wieder auf die Erde zu bringen. Er ließ Bator die Augen schließen. Bator fühlte, wie sein Körper stieg und stieg, und er hörte den Wind pfeifen. Nach geraumer Zeit vernahm er dicht an seinem Ohr die Worte: „Bator, Bator, ich kann dir helfen, wenn du mich brauchst. Ich kann, wenn du in Not bist, erscheinen, wenn du dreimal meinen Namen rufst.“ Bator öffnete die Augen und sah, dass er sich wieder auf der Erde befand. Aber vor ihm breitete sich nicht die Grassteppe aus, sondern ein hohes Gebirge versperrte ihm den Weg. Bator senkte den Kopf und fand einen Pfeil auf dem Boden liegen. Er ging in die Richtung des Pfeils und dachte: „Es gibt so viele hohe Gebirge auf meinem Weg, wann werde ich endlich die Heimat erreichen!“ Er ging weiter und bemerkte, dass das hohe Gebirge plötzlich zur Seite rückte. Bator war sehr überrascht und ging rascher voran. Da erblickte er einen Mann, der mit seinen Händen das Gebirge vor sich herschob. Bator fragte ihn: „Was machst du da?“

Der Mann sah Bator an, ging, das Gebirge schiebend, weiter und antwortete: „Ich bin ein Dienstmann des Gebirgskönigs. Ich habe gehört, dass Ulan Bator in Not geraten und im Gebirgsreich angekommen ist. Ich möchte mich ihm anschließen.“

Bator fragte: „Über welche Fähigkeit verfügst du, dass du dich ihm anschließen kannst?“ Der Mann blieb stehen und sagte: „Ich bin sehr stark und kann Gebirge bewegen. Ich bin Bergschieber.“

Bator sagte: „Ich bin dein Freund, Ulan Bator.“

Der Bergschieber war hoch erfreut und lud Bator ein, ihn zu seiner Jurte zu begleiten. Aber Bator sehnte sich nach seiner Heimat. Dem Bergschieber blieb nichts anderes übrig, als Bator auf die andere Seite des Gebirges zu bringen. Er hieß Bator die Augen schließen. Ein starker Sturm packte Bator und trug ihn über die Berge. Bator hörte die Geräusche der Bergtiere. Schon nach kurzer Zeit verstummten die Geräusche. Bator hörte dicht an seinem Ohr eine Stimme sagen: „Bator, Bator, ich kann dir helfen, wenn du mich brauchst. Ich kann, wenn du in Not bist, erscheinen, wenn du dreimal meinen Namen rufst." Bator schlug die Augen auf. Das hohe Gebirge lag hinter ihm. Vor ihm erstreckte sich ein gewaltiger See. „Wie kann ich den See überqueren?" überlegte Bator und sah sich nach einem Boot um. Da bemerkte er, dass das Wasser sank. Es dauerte gar nicht lange, und der See war ausgetrocknet. Voller Freude setzte Bator seinen Weg fort, musste aber zu seiner Bestürzung feststellen, dass aus dem Grund des Sees das Wasser wieder hervorzusprudeln begann und dass sich der See binnen kurzer Zeit wieder mit Wasser füllte. Bator war darüber sehr verwundert. Er blickte sich nach Rettung um und bemerkte einen Mann mit einem Schilfrohr zwischen den Lippen am schilfigen Seeufer sitzen. Das Wasser sank, wenn er einatmete, und stieg, wenn er ausatmete. Bator rief:

„He! Was machst du da?"

Der Mann sah Bator an und sagte: „Ich bin Wasserschlucker, ein Gefolgsmann des Seekönigs. Ich habe gehört, dass Ulan Bator in Not geraten und im Seereich angekommen ist. Ich möchte mich mit ihm befreunden."

Ulan Bator sagte: „Ich bin dein Freund, Ulan Bator."

Der Wasserschlucker war hoch erfreut und lud Bator in seine Jurte ein. Aber Bator wollte nach Hause. Der Wasserschlucker versprach ihm, ihn über den See zu bringen. Er hieß Bator die Augen schließen. Bator hatte das Gefühl, in einer Wiege zu liegen: Um seine Ohren hörte er das Wasser plätschern. Nach einer Weile wurde es wieder still, und eine Stimme sagte dicht an seinem Ohr: „Bator, Bator, ich kann dir helfen, wenn du mich brauchst. Ich kann, wenn du in Not bist, erscheinen, wenn du dreimal meinen Namen rufst." Bator schlug die Augen auf und sah, dass der See hinter ihm lag. Vor ihm erstreckte sich das endlose Grasland. Bator wusste, dass er nun nicht mehr weit von seiner Heimat entfernt war und schritt frohgemut voran. Als die Sonne unterging, machte Bator nicht Halt. Plötzlich sah er ein Licht wie einen Blitz vor sich aufleuchten. „Was ist das?" Bator war verwirrt. „Es sieht weder nach Leuchtkäfern noch nach Tigeraugen aus." Kurz darauf hörte er ein Pferd wiehern und schnauben. Da lachte Bator vor Freude, denn für ihn war ein Pferd wie das Wasser, das der Fisch zum Leben braucht. Bator rannte auf das Licht zu und sah vor sich ein Pferd mit silberner Mähne stehen. Aber als Bator aufsitzen wollte, wieherte das Pferd und schüttelte den Kopf. Bator besah sorgfältig das Pferd und entdeckte, dass die vier Hufe mit Seilen aus Rindersehnen an vier Pfosten gebunden waren. Da Bator kein Messer bei sich hatte, musste er sich hinknien und die Seile mit den Zähnen zerbeißen. Sein Zahnfleisch blutete, seine Zunge war verletzt, er spürte Schmerzen in jedem Muskel des Rückens, dennoch biss er weiter. Endlich hatte er ein Seil durchgetrennt. Aber ohne eine Pause einzulegen, arbeitete er weiter, bis alle vier Seile durchgebissen waren. Das Pferd wedelte mit dem Schweif, lief unter lauten Wiehern einen Kreis um Bator und ließ sich endlich vor Bator auf die Knie nieder. Bator sagte: „Du silbernes Pferd, ich möchte dich nach Hause reiten.“ Das Pferd senkte dreimal den Kopf und blinzelte mit den Augen. Bator schwang sich auf seinen Rücken und schloss die Lider. Der Wind sauste ihm um die Ohren. Schon nach kurzer Zeit wurde es um ihn still. Eine Stimme hörte er sagen: „Rache gegen Rache, Güte gegen Güte. Wenn du in Not bist, brauchst du nur dreimal meinen Namen zu rufen.“

Bator öffnete die Augen. Das silberne Pferd war verschwunden, aber vor sich sah er die heimatliche Jurte. Bator wurde von unbeschreiblicher Freude ergriffen und schlug den Türvorhang zur Seite. Seine Mutter saß starr vor der Wand. Sie war gealtert, Gesicht und Wangen waren abgezehrt, ihre Haare waren weiß geworden. Bator fiel vor seiner Mutter auf die Knie und sagte: „Mutter, ich bin heimgekehrt!"

Alle Nachbarn freuten sich über Bators Rückkehr und glaubten, dass der Fürst sich mildtätig gezeigt und Bator freigelassen hatte. Bator berichtete aber nichts über seine Erlebnisse. Von nun an saß er den ganzen Tag in der Jurte und schärfte seinen Dolch. Die Nachricht von Bators Wiederkehr und seinem eigenartigen Verhalten verbreitete sich wie der Wind. Auch der Fürst hörte davon. Aber er glaubte den Gerüchten nicht und schickte Leute aus, die die Wahrheit herausfinden sollten. Die Späher kamen zurück und berichteten, dass Bator stumm in seiner Jurte sitze und einen Dolch schärfe, so als ob ihm nichts zugestoßen sei. Der Fürst wurde blass, als er die Botschaft vernahm, hatte er doch mit eigenen Augen gesehen, wie Bator in den Brunnen geworfen worden war. Die Leute glaubten, so wurde ihm weiter berichtet, er selbst habe Bator freigelassen. Der Fürst wusste nicht, was er tun sollte, und schreckte davor zurück, Bator wieder gefangen nehmen zu lassen. Bator jedoch war überzeugt, dass ihn der Fürst sofort wieder ergreifen lassen würde, wenn er von seiner Rückkehr hörte. Aber die Tage vorstrichen, doch nichts geschah. Bator verlor allmählich die Geduld. Da erinnerte er sich des Lauschenden. Bator rief leise: „Lauschender, Lauschender, Lauschender, ich brauche dich jetzt, mein Freund." Plötzlich spaltete sich vor ihm der Boden. Aus der Erdspalte sprang ein dürres Männchen. Es legte sein Ohr an den Boden und lauschte. Dann sprang es erregt auf und sagte zu Bator: „Der Fürst lässt gerade seine Leibwächter die Hufe der Pferde mit Baumwolle umwickeln, denn heute Nacht sollst du heimlich gefangen werden. Eile dich und flieh!" Bator dankte dem Lauschenden. Dann gürtete er sich mit seinem Bogen, band sich den Pfeilköcher auf den Rücken und nahm den Dolch zur Hand. So gerüstet, wartete er hinter dem Vorhang der Jurte. Als die Nacht vorangeschritten war, sah er eine große Schar Reiter auf die Jurte zukommen. Kein Laut war zu hören. Geräuschlos stiegen die Wachen von den Pferden und umzingelten die Jurte. Bator brüllte vor Wut, riss den Türvorhang zur Seite, stürzte sich, den Dolch schwingend, auf die Angreifer und schlug einige nieder. Aber der großen Schar Bewaffneter konnte er auf die Dauer nicht Widerstand leisten. Er stürzte vorwärts, durchbrach den Ring der Angreifer, warf sich auf ein Pferd und floh. Die Leibwächter des Fürsten setzten ihm nach. Als der Fürst vernahm, dass Bator entkommen war, bestieg auch er eines seiner edelsten Rosse und jagte ihm nach. Bator schoss vom Rücken des Pferdes Pfeil um Pfeil auf die Verfolger ab. Immer, wenn der Klang seiner Bogensehne ertönte, sank einer der fürstlichen Gefolgsleute vom Sattel. Bald gingen Bator die Pfeile aus, aber die Wachen verfolgten ihn hartnäckig. Plötzlich sah Bator, dass ihm ein hoher Berg den Weg versperrte. In seiner Not gedachte Bator des Bergschiebers. Er rief leise: „Bergschieber, Bergschieber, Bergschieber, ich brauche dich, mein Freund." Da rückte der Berg zur Seite und öffnete Bator einen Weg. Kaum hatte Bator die Felsschlucht passiert, schloss sich mit einem gewaltigen Donnerschlag der Berg wieder hinter ihm. Bator wandte den Kopf und sah, dass viele Verfolger durch den Berg und niederprasselndes Felsgestein erschlagen wurden. Aber es gab immer noch Soldaten, die Bator folgten. Bator ritt weiter, bis ihm ein Fluss den Weg verlegte. Bator erinnerte sich des Wasserschluckers, und er rief leise: „Wasserschlucker, Wasserschlucker, Wasserschlucker, ich brauche dich jetzt, mein Freund.“ Nach einer Weile trocknete der Fluss aus. Eilends durchritt Bator das Flussbett. Kaum hatte er das andere Ufer erreicht, als er hinter sich ein ohrenbetäubendes Getöse vernahm. Bator wandte den Kopf und sah, dass der Fluss sich wieder mit Wasser gefüllt hatte und dass alle seine Verfolger ertrunken waren. Nur der Fürst auf seinem schnellen Ross war mit heiler Haut davongekommen. Bator wendete sein Pferd und ritt dem Fürsten entgegen. Der Fürst sah Bator, den schimmernden Dolch schwingend, auf sich zukommen und floh das Flussufer entlang. Das Ross des Fürsten war ein berühmtes Rennpferd, so dass Bator immer weiter hinter dem Fürsten zurückblieb. Da gedachte Bator des silbernen Pferdes. Er rief leise: „Silbernes Pferd, silbernes Pferd, silbernes Pferd, ich brauche dich jetzt, mein Freund.“ Schon hörte er das silberne Pferd neben sich wiehern. Bator schwang sich auf seinen Rücken und jagte dem Fürsten nach, so schnell, dass er nur das Sausen des Windes vernahm. Schon bald hatte er den Fürsten eingeholt. Der Fürst erblickte Bator und saß, von Furcht gepackt, wie gelähmt im Sattel. Bator streckte die Arme aus, packte den Fürsten und warf ihn zu Boden. Der Fürst wälzte sich vor Bator im Staub und bat um Milde. Bator sprang vom Pferd, setzte seinen Fuß auf den Fürsten, hob den Dolch und schlug dem Fürsten das Haupt ab. Dann stieß Bator die Klinge bis zum Heft in die Erde, warf sich vor dem Himmel auf die Knie und berührte mit dem Haupt dreimal den Boden. Dabei sprach er: „Vater, dein Kind hat dich gerächt. Freunde, die ihr von dem Fürsten getötet wurdet, ich habe euch gerächt!" Unter der Sonne erglänzte der Fluss. Bator schöpfte mit beiden Händen Wasser und trank in tiefen Zügen. Dann sprang er aufs Pferd und ritt heimwärts.

4. 家奴的故事

（蒙古族）

很早很早以前，草原上住着一个世袭的王爷。这么一大片望不到边的草原全是他家的。牛羊多得数不清，单是家奴就有好几百，家里还养兵，有钱又有势。所有帐幕里的人，要杀要剐都由他。大家简直是在羊肚下过日子，连腰都伸不直。在几百家奴中有个家奴名叫乌兰·巴托尔，他身材魁梧，能射一手好箭，天上飞的地上跑的都逃不过他的箭，真可说是百发百中。远近没有不知道乌兰·巴托尔的。

一天，巴托尔打猎回来，在路上遇到一个白发苍苍的老头。老头向他说："乌兰·巴托尔，你已经是个小伙子了，又有一手超人的箭法，可为什么不给你爹报仇呢？蓝天高飞的鹰，影子还留在草原上。巴托尔啊，你怎能忘掉自己的爹娘！"乌兰·巴托尔听了这话，滚鞍下马，跪在老头面前，请老头告诉他，爹是谁害死的。老头摇了摇头，说了一句："十五的月亮自会圆起来，到了时候事情便可明白。"说完便往西去了。巴托尔看着老头走远了，便翻身上马跑回家来，进屋拉住他妈就问："我爹是怎么死的？"妈见巴托尔脸红气粗地追问爹爹的事，起初有些惊慌，后来就平静地说："我不是告诉你多少遍了吗？你爹是病死的。那时你才一岁多。怎么今儿个又问起这事来，又听谁瞎说什么了？"乌兰·巴托尔不敢提起老头的话，只是心里纳闷。

这一天晚上，乌兰·巴托尔躺着，怎么也睡不着。忽然，他听到好像有人抽抽搭搭地哭。他侧着耳朵细听，声音就在自己的帐幕里。啊！是妈在哭。他翻身站起来，悄悄来到妈身旁，拉着妈的手跪下来："高大的树木虽然顶天，比起妈养我的恩情，只不过是千尺的一寸。妈有什么心事，快告诉儿子巴托尔。"妈转过头来一边哭着一边说着："孩子，你长大了，也懂事了，该知道的事情也该知道了。不是妈不和你说实话，是怕你闯祸。你爹哪里是害病死的，是因为跟着嘎达反抗王爷，被王爷活埋了的啊！那时你才一岁多，我抱着你逃跑出去，讨了八年的饭，走了八年的路，可心里一直记着这草原，这一座座的帐幕。金窝银窝抵不上自己的草窝，怎能忘掉家乡呢！只好改名换姓回来，又给王爷当奴隶。受人骂，挨鞭子，就盼你快些长大……"母亲哭得再也说不下去了。巴托尔的眼泪也像断了线的珠子往下滚。他慢慢站起来，擦了擦眼泪，牙齿咬得咯吱吱地响，两眼瞪得都要冒出火星，从墙上取下了弓箭，一拍胸膛说："妈，我去杀掉王爷，给爹报仇！"母亲慌忙拉住巴托尔说："孩子，你不能去，去了没有好。"巴托尔说："妈，我不怕，去跟他们拼了！"母亲紧紧把乌兰·巴托尔抱住，说："孩子听妈的话，你千万不能去。仇是要报，可只你一个人怎能行呀。老辈子人说过，再好的摔跤手敌不过人多；再好的马经不住百条鞭子打。王爷家的兵丁那么多，你哪能打过！"巴托尔看着可怜的妈妈，只好暂时忍了下来。

从此，草原上再也听不到巴托尔的歌声，这事也给母亲的心盖上了一块阴云。巴托尔出去了，母亲就担忧地在家里向佛爷祷告。巴托尔回来了，母亲就高兴地向佛爷磕头。母亲天天提心吊胆的。可像南来的鸿雁，到时就会飞来一样，要来的事终于来了。一天，王爷叫巴托尔跟着去打猎，巴托尔心里埋有仇恨，不免对王爷无礼，触怒了王爷。王爷举起鞭子正要打巴托尔，巴托尔抢过鞭子，狠狠地给了王爷一鞭，嘴里还骂道："你还记得老乌兰吗？你杀死我爹，我要报仇。"正要打第二鞭时，被王爷的守卫们拦腰抱住，反捆着押回家来，一顿毒打之后，被关进牢里了。

过了几天，王爷的差人领着几个人闯进牢来，架起巴托尔就往外走。夜黑得没边，可王爷的帐幕里却灯烛辉煌。王爷见巴托尔进来，露出了满嘴狼牙，狞笑着说："我想求你一件事，公主的金戒指掉到井里去了，请你下去捞出来，你办到了这件事，我就放你回去。"巴托尔听罢愤愤地说："谁不知你家的井没底，说什么要下去捞金戒指，要杀要剐你就公开地说，我巴托尔不怕。暴风雨总有过去的时候，穷人总有抬头的日子，到那时我就要抽你的筋，剥你的皮，熬你的油，吃你的肉……"不等巴托尔说完，王爷已气得浑身直颤，吼着："快，快给我推到井里去！"几个人架起巴托尔就走，巴托尔还没来得及说什么，就被他们给推到井里了。

这天巴托尔的母亲站在帐幕门前等着，太阳落山了，巴托尔没回来；月亮上山了，巴托尔没回来；星星落了，巴托尔还没回来。母亲心慌了，她跑到王爷家去问，好心的女奴偷偷告诉她，巴托尔触怒了王爷，被关起来了。母亲就东奔西跑的求人，亲自向王爷求情。她天天哭，夜夜哭，眼泪像滔滔河水一样的流个不尽，巴托尔还是没回来。她哪知巴托尔早就被推到井里了。

乌兰·巴托尔也不知在井里过了多久，耳边忽然听到淙淙的流水声，他睁开眼一看，自己却躺在河边的一棵树下。奇怪，我不是已经死了吗？他试着咬了一下大拇指，感觉到疼，才相信自己还活着。坐起来一看，身上的伤也好了。这是怎么回事呢？正在怀疑不定的时候，忽然看到一个人伏在地上，一会儿左耳贴地面，一会儿右耳贴地面。乌兰·巴托尔觉得奇怪，于是走过去问道：

“你是干什么的？”

“我是地下王爷的家奴，听说乌兰·巴托尔遇难来到地下王国了，我想找他交朋友。”

巴托尔又问：“你有什么本事要跟他交朋友？”

家奴站了起来说：“我把耳朵贴在地上，就能听到山那边的人说话，我叫报信奴。你是干什么的？”

“我就是你的朋友乌兰·巴托尔。”

报信奴非常高兴，邀巴托尔到他家里去。巴托尔说：“小羊羔一时也离不开母羊；巴托尔一刻也离不开家乡。仇人还没有杀死，巴托尔怎能有心在外流浪。妈妈在等我，巴托尔要赶快回乡。”报信奴没法，只好答应送巴托尔回到地面上去。他让巴托尔闭上眼睛。巴托尔觉得自己直往上升，耳边风声呼呼地响。一会儿只听到耳边有人说：“巴托尔，巴托尔，朋友有难朋友救，叫我三声我就来。”巴托尔睁眼一看，自己已经来到地面，可面前不是家乡的大草原，而是大山。巴托尔一低头，见面前地上划一支箭，他便顺着箭头方向往前走，心里想，这么多大山挡路，什么时候才能走到家呢！走着，走着，看见前面一座高山往旁边移动，巴托尔非常奇怪，赶到跟前一看，原来有一个人用手推着高山走。乌兰·巴托尔走过去问道：

“你是干什么的？”

这人看看巴托尔，仍推着高山走着说：“我是大山王爷的家奴，听说乌兰·巴托尔遇难来到了大山王国，我想找他交朋友。”

巴托尔又问他：“你有什么本事和他交朋友？”

这人停下手来说：“我的力气大，能把山推着走，我叫推山奴。”

巴托尔说：“我就是你的朋友乌兰·巴托尔。”

推山奴非常高兴，邀巴托尔到自己家里去。可是巴托尔回乡心切，推山奴只好送巴托尔到山那边去。他让巴托尔闭上眼睛，一阵大风刮着巴托尔往前飘去。巴托尔只听得野兽乱叫，一会儿，野兽叫声没有了，听见耳边有人说：“巴托尔，巴托尔，朋友有难朋友救，叫我三声我就来。”巴托尔睁眼一看，大山已落在背后，眼前是一片大湖。他想，这么大的湖，怎么能渡过去呢！

正寻思时，却见湖水慢慢退缩，一会儿便完全干了。巴托尔正高兴地往前跑，跑着，跑着，地面又冒出水来了，一会儿又涨成了满满一湖水。乌兰·巴托尔非常奇怪，仔细一瞅，原来在湖边芦苇上坐着一个人，嘴里叼着一根芦苇管子。这个人一吸，湖水马上就干了；一呼马上湖水又涨起来了。巴托尔喊着问道：

“你是干什么的？”

那人看看巴托尔，仍然一呼一吸的说：“我叫吞水奴，是海水王爷的家奴。听说乌兰·巴托尔遇难来到了海水王国，我想找他交朋友。”

乌兰·巴托尔说：“我就是你的朋友乌兰·巴托尔。”

吞水奴乐的不得了，他邀巴托尔到自己家里去。巴托尔要赶快回乡，吞水奴没法，只好答应把巴托尔送过湖去。他让巴托尔闭上眼睛，巴托尔觉得自己像坐在摇篮里一样，耳边响起哗哗的波涛声。一会儿又什么声音也没有了，只听到耳边有人说：“巴托尔，巴托尔，朋友有难朋友救，叫我三声我就来。”巴托尔睁眼一看，面前是一片大草原，湖水早落在后面去了。巴托尔知道，见到了草原，离家就不远了。他高高兴兴地往前走。走呀，走呀，太阳落下去了，巴托尔还是走。忽然前面闪出一道白光，怪呀，萤火虫的光是忽闪忽闪的呀，老虎眼是绿阴绿阴的呀，可这是什么光亮呀？巴托尔正犹豫不定时，忽然听见一声马嘶，接着是几个响鼻，巴托尔高兴地笑了。牧人有了马，像鱼有了水。巴托尔跑步过去一看，见一匹毛儿像银子一样亮的白马站在那里一动也不动。巴托尔刚想骑上去，马又长长地嘶了几声，只是摇了摇头，可还是站着没动。怎么回事呢？巴托尔仔细一瞅，原来白马的四蹄用牛筋绑在四个马桩上。巴托尔没带腰刀，只好跪下来，用牙去啃。啃呀啃，牙齿出血了，还是啃；舌头磨破了，还是啃；腰弯酸了，还是啃。啃断一根，连腰都没伸一伸又啃第二根……四根牛筋绳全啃断了。白银马摆了摆尾巴，长嘶一声，围着巴托尔跑了一圈，向巴托尔跪下来。巴托尔说："马呀，银白色的马，我想借你骑回家。"只见马点了三下头，向巴托尔眨了眨眼睛，巴托尔跳上马背，闭上眼睛，只听耳边风声嗖嗖响。一会儿，风也不响了，只听有人说："仇报仇，恩报恩，有急有难唤三声。"巴托尔睁眼一看，白银马没了，已经回到自己的帐幕门口，心里的高兴劲就没法说了。三步并作两步跑进去一看，妈妈正一个人对墙出神，她的脸又老又瘦，头发也全白了。巴托尔一下子跪在他妈面前说："妈，我回来了！"

巴托尔回来了，大家都很高兴，还以为是王爷发了善心给放出来的。巴托尔却一声也不吱，每天坐在家里磨刀。这事像一阵风刮到了王爷耳朵里。王爷不信，派人去探听。那人回来说，巴托尔好好的坐在家里磨刀。王爷一听，吓了一跳。不是亲眼看见把他丢进井了吗？大家传说是他放了巴托尔，他也不好公开再去捉巴托尔。

巴托尔以为王爷一听到自己回来了，一定要领人来抓他。一天过去了，两天过去了，还没动静。巴托尔等的有些不耐烦了，突然想起了报信奴。晚上，妈妈睡了，巴托尔小声地念："报信奴，报信奴，巴托尔有难求朋友。"一连念了三遍，地下忽然开了一道缝，钻出一个小人来。他伏在地上听听，慌忙跳到巴托尔的耳边说："不好，不好，王爷正叫卫士们把马蹄包上棉花，今夜偷偷地来抓你，快跑吧！"巴托尔谢了报信奴，急忙背上弓箭，拿着刀等在门口。一会儿果然来了几十个骑马的，一点声音都没有。巴托尔闪在暗处。这些人轻轻地下了马，把帐幕包围起来了。巴托尔大吼一声，跳了出来，抡刀劈了几个。可是英雄抵不过人多，巴托尔急中生智，跳上一匹马就跑，王爷的卫士们随后紧追。王爷听说巴托尔跑了，也骑上了最快的马追了来。巴托尔一边跑，一边射箭，射出一箭，王爷的卫士就倒下一个。箭射完了，卫士们还在后面紧追。跑啊跑，突然前面一座大山挡住了去路。紧急之中，巴托尔一下了想起来推山奴，于是心里默念三遍："推山奴，推山奴，巴托尔有难求朋友。"忽然，大山移开了，巴托尔冲了过去。只听身后轰隆隆一声，巴托尔回头一看，只见王爷的卫士被山上滚下的石头砸倒了许多。卫士们还在后面追。跑啊跑，前面一条河拦住了去路，巴托尔又想起了吞水奴，于是又默念三遍："吞水奴，吞水奴，巴托尔有难求朋友。"一会儿河水干了，巴托尔又冲了过去。忽听哗的一声，巴托尔回头一看，河里又涨满了水，淹死了许多卫士，只有王爷的马快，才跑了过来。巴托尔掉转马头，王爷见巴托尔飞着雪亮的刀杀来了，顺着河沿就跑。王爷的马是有名的火炭马。巴托尔追了好久，越追越远。这时巴托尔想起了白银马来，于是，心里默默念三遍："白银马，白银马，巴托尔求你帮一把。"只听一声马嘶，旁边窜出一匹白银马来。巴托尔从自己马上轻轻一跃，便上了白银马。白银马撒开蹄，耳边一阵风响，一转眼，追上了王爷。王爷见巴托尔追上来，早吓得像摊泥一样堆在马上。巴托尔一伸手把王爷抓过来，举过头顶，掷在地上。王爷跪在地上直磕头求饶。巴托尔跳下马来，把他踩在脚下，举起刀来砍下去……然后，巴托尔把刀插在地上，跪下来向着天磕了三个头："爹爹，孩儿给你报仇了。被王爷杀死的朋友，巴托尔给你报仇了……"

太阳照得河水光闪闪的，巴托尔从河里捧起一捧水，喝了三口，便又飞身上马，向前驰去。

5. Der Jäger Hailibu

(Mongolische Nationalität)

Es gab einmal einen Mann namens Hailibu. Da er nur vom Jagen lebte, nannten ihn alle Angeqin* Hailibu. Er war äußerst hilfsbereit. Vögel und Tiere, die er gejagt hatte, teilte er jedes Mal mit den anderen und behielt sie nie für sich alleine. Deshalb war Hailibu beim ganzen Volk beliebt.

Eines Tages, als er zum Jagen tief in die Berge zog, erblickte er am Rande eines Dickichts ein weißes Schlänglein, das eingerollt unter einem Baum schlief. Um das Schlänglein nicht zu stören, machte er sachten Schrittes einen Umweg. Gerade in diesem Augenblick kam ein grauer Kranich über seinem Haupt angeflogen und landete im Sturzflug. Mit seinen Krallen ergriff er das weiße Schlänglein, das eingerollt am Boden lag, und erhob sich wieder in die Lüfte. Als das weiße Schlänglein erschrocken aufgewacht war, rief es mit schriller Stimme: „Helft mir! Helft mir!" Umgehend spannte Hailibu seinen Bogen und

---

* Angeqin: (mongol.) Jäger

schoss einen Pfeil auf den Kranich ab, der sich gerade über einen Berg erhob. Der Kranich wich dem Pfeil geschickt aus, ließ aber das kleine, weiße Schlänglein fallen und flog davon. Hailibu sagte zum kleinen, weißen Schlänglein: „Armes, kleines Wesen, kehre schnell zu deinen Eltern heim!" Das kleine, weiße Schlänglein nickte mit dem Kopf Hailibu zu, um seinen Dank auszudrücken, und verschwand in den Gräsern. Hailibu nahm Pfeil und Bogen und kehrte nach Hause zurück.

Am zweiten Tag, als er erneut an demselben Ort vorüberkam, sah er viele Schlangen, die das weiße Schlänglein begleiteten und auf ihn zukamen. Hailibu wunderte sich sehr und wollte ihnen ausweichen. Aber jenes weiße Schlänglein sprach zu ihm: „Mein lieber Retter, wie geht es dir? Vielleicht kennst du mich nicht, ich bin die Tochter des Drachenkönigs. Gestern hast du mir das Leben gerettet. Meine Eltern lassen mich deshalb heute hierher kommen, um dich willkommen zu heißen. Meine Eltern laden dich in meine Familie ein, damit sich mein Vater und meine Mutter persönlich bedanken können." Das weiße Schlänglein sagte weiter: „Wenn du zu meiner Familie kommst, nimm bitte nichts von dem, was dir meine Eltern schenken wollen, sondern fordere nur den Edelstein, den mein Vater in seinem Mund hält. Wenn du diesen Edelstein besitzt, bewahre ihn in deinem Mund auf, denn damit wirst du die verschiedenen Tiersprachen der ganzen Welt verstehen können. Was du aber hörst, behalte es nur für dich und erzähle es nicht anderen Menschen. Falls du anderen davon Mitteilung machst, wirst du dich von Kopf bis Fuß in einen regungslosen Stein verwandeln und sterben."

Als Hailibu dies hörte, nickte er mit dem Kopf und folgte dem weißen Schlänglein in eine tiefe Schlucht. Je länger sie gingen, desto kälter wurde ihm. Sodann gelangten sie zur Schatzkammertür. Das weiße Schlänglein sprach: „Meine Eltern können dich nicht in meine Familie einladen, sie warten vor der Schatzkammertür auf dich. Sie sind dort bereits eingetroffen."

Als das weiße Schlänglein dies sprach, kam der alte Drachenkönig schon entgegen und sprach äußerst höflich: „Du hast meine liebe Tochter gerettet, dafür danke ich dir vielmals. Das ist meine Schatzkammer, in der ich viele Kostbarkeiten sammle und aufbewahre. Ich möchte sie dir gern zeigen. Was auch immer dein Herz begehrt, nimm es!" Nachdem er dies gesprochen hatte, öffnete er die Schatzkammertür und führte Hailibu hinein. Innen war die Kammer voll von Perlen, Edelsteinen und herrlichen Dingen. Der alte Drachenkönig führte Hailibu von einem zum anderen Gewölbe. Auf diese Weise besichtigten sie insgesamt 108 Schatzräume. Hailibu aber hatte noch kein Kleinod entdeckt, das er begehrte. Der alte Drachenkönig sagte beschämt zu Hailibu: „Mein Wohltäter! Gibt es in meiner Schatzkammer keine Kostbarkeit, die dir gefällt?"

Hailibu antwortete: „Obwohl diese Schätze alle wunderbar sind, so kann man aber nur hübsche Schmuckstücke daraus fertigen. Für uns Jäger aber haben sie keinen großen Nutzen. Wenn ihr mir aber wirklich ein Erinnerungsstück schenken wollt, dann gebt mir den Edelstein, den ihr im Mund haltet." Als der Drachenkönig dies hörte, dachte er einen Moment lang nach. Nur ungern spuckte er jenen Edelstein aus und reichte ihn Hailibu.

Nachdem Hailibu den Edelstein empfangen hatte, nahm er Abschied vom Drachenkönig. Wieder folgte ihm das weiße Schlänglein und schärfte ihm erneut ein: „Nun, da du diesen Stein besitzt, wirst du alles wissen. Von dem, was du erfährst, darfst du aber anderen Menschen nichts verraten. Falls du etwas ausplauderst, begibst du dich in große Gefahr. Merke dir das nur unter allen Umständen!“

Von da an jagte Hailibu in den Bergen besonders erfolgreich. Er vermochte, die Sprache der Vögel und wilden Tiere zu verstehen. Er wusste sogar alles von sämtlichen Tieren, die sich am gegenüberliegenden Berg aufhielten. So vergingen mehrere Jahre. Eines Tages, als er gerade in den Bergen jagte, hörte er plötzlich eine Schar fliegender Vögel reden: „Fliegen wir lieber zu einem anderen Platz! Morgen werden die Berge in der Nähe bersten, Wasser wird hervor schießen und alles überfluten. Noch ist nicht sicher, wie viele Tiere dabei umkommen werden.“

Nachdem Hailibu diese Neuigkeit vernommen hatte, war er sehr erregt. Er wollte nicht weiter jagen und machte sich schleunigst auf den Heimweg. Er sprach zu allen Leuten: „Wir müssen sofort in ein anderes Gebiet ziehen! An diesem Ort können wir nicht länger bleiben! Wer dies nicht glaubt, für den ist es zu spät, es zu bereuen!“

Nachdem die Menschen dies gehört hatten, fanden sie es sehr merkwürdig. Die einen hielten es für völlig unmöglich, die anderen glaubten,

Hailibu sei verrückt geworden. Niemand schenkte ihm Glauben. Ungeduldig kamen ihm Tränen in die Augen, und er sprach: „Ihr möchtet mich wohl erst sterben sehen, um dann meinen Worten zu glauben?“

Einige Alte sagten zu Hailibu: „Du hast noch nie gelogen, das wissen wir alle. Aber warum möchtest du, dass wir jetzt unbedingt diesen Ort verlassen sollen? Was für Gründe veranlassen dich dazu? Teile sie uns bitte mit!“

Hailibu dachte: „Die Katastrophe wird auf der Stelle eintreten. Ist es richtig, mich selbst in Sicherheit zu bringen und die Leute dem Unheil auszusetzen? Ich möchte mich lieber opfern, um alle zu retten. Sodann erzählte er, wie er den Edelstein erhalten hatte, was er ihm für Nutzen bei der Jagd brachte, was er bei der Unterredung fliegender Vögel, die eiligst flohen, vernommen hatte, sowie, dass er anderen dies alles nicht mitteilen dürfe. Sobald er es anderen verrate, werde er sich auf der Stelle in einen Stein verwandeln und sterben. Während Hailibu dies sprach, verwandelte er sich allmählich in einen regungslosen Stein. Als die Leute sahen, dass sich Hailibu in einen Stein verwandelt hatte, waren sie alle sehr traurig. Sie trieben ihre

Kühe, Pferde und Ziegen fort und zogen mit ihren Familien um. Zu jener Zeit aber waren bereits überall dunkle Wolken aufgezogen, und Regen setzte ein. Am Morgen des zweiten Tages, während es unheilvoll donnerte, vernahmen sie plötzlich einen dröhnendes Donnern, das Himmel und Erde erschütterte. Augenblicklich barsten die Berge, und Wasserfluten brachen hervor. Alles wurde überschwemmt. Gerührt sprachen die Leute: „Wenn sich Hailibu nicht für uns geopfert hätte, wären wir alle im Wasser umgekommen!"

Später fanden sie den Stein, in den sich Hailibu verwandelt hatte. Sie stellten ihn auf einen Berggipfel. Auf diese Weise würden auch nachfolgende Generationen den selbstlosen Helden Hailibu, der sich für die Menschen opferte, nicht vergessen. Alle folgenden Generationen werden seiner gedenken. Entsprechend dieser Geschichte existiert auch heute noch ein Platz, der „Hailibu-Stein" genannt wird.

5. 猎人海力布

（蒙古族）

从前有一个人，名叫海力布。因为他靠打猎过活，大家都叫他安格沁*海力布。他很愿意帮助人，打来禽兽，从不独自享用，总分给大家，因此海力布很受大家尊敬。

一天，海力布到深山去打猎，在密林的旁边，看见一条白蛇盘睡在山丁子树下。他放轻脚步绕过去，不愿惊动它。正在这时，忽地从头上飞过来一只灰鹤，"嗖"地一声俯冲下来，用爪子抓住了盘睡的小白蛇，又腾空飞去。小白蛇惊醒后，尖叫："救命！救命！"海力布急忙拉弓搭箭，对准顺山峰飞升的灰鹤射去。灰鹤一闪，丢下小白蛇就逃跑了。海力布对小白蛇说："可怜的小东西，快回去找你的爸爸妈妈去吧！"小白蛇向海力布点了点头，表示了感谢，就隐到草丛里去了。海力布也收拾好弓箭回家了。

第二天，海力布正路过昨天走过的地方，看见一群蛇拥着一条小白蛇迎了过来。海力布觉得很奇怪，想绕道过去，那条小白蛇却向他说道："救命的恩人，您好吗？您可能不认得我，我是龙王的女儿。昨天您救了我的性命，我的爸爸妈妈今天特地叫我来这儿迎接您，请

---

* 安格沁：蒙语，猎人。

您到我们家里去一趟，我的爸爸和妈妈好当面感谢您。”小白蛇又继续说：“您到我家里以后，我的爸爸和妈妈给您什么您都别要，只要我爸爸嘴里含着的宝石。您得着那块宝石，把它含在嘴里，就能听懂世上各种动物的话。但是，您所听到的话，只能自己知道，可不要向别人说。如果向别人说了，您就会从头到脚变成僵硬的石头而死去。”

海力布听了，一面点头，一面跟着小白蛇往深谷里去，越走越冷。走到一个仓库门前，小白蛇说：“我的爸爸和妈妈不能请您到家里去坐，就在仓库门前等您，现在已经来到这里了。”

小白蛇正说着的时候，老龙王已经迎上前来，很恭敬地说：“您救了我的爱女，我真感谢您！这是我聚藏珍宝的仓库，我带您进去看看，您愿意要什么，就拿什么去，请您不要客气！”说着，把仓库门打开，引海力布进去。只见仓库里全是珍珠宝石，琳琅满目。老龙王引着海力布看完这个仓库又走到另一个仓库，就这样一连走了一百零八个仓库，但是海力布却没有看中一个宝贝。老龙王很难为情地问海力布：“我的恩人，我这些仓库里的宝物，您一个也不希罕吗？”

海力布说：“这些宝物虽然很好，但只可以用来做美丽的装饰品，对我们打猎的人来说没有什么用处。如果龙王真想给一点东西作纪念，就请把您嘴里含的那块宝石给我吧！”龙王听了这话，低头沉思了一会儿，只好忍痛把嘴里含的那块宝石吐了出来，递给海力布。

海力布得了宝石，辞别龙王出来的时候，小白蛇又跟着出来，再三叮嘱他说："有了这块宝石，您什么都可以知道。但是，您所知道的一切，一点儿也不许向别人说。如果说了，那时一定有危险。您可千万要记住！"

从此，海力布在山中打猎更方便了，他能听懂雀鸟和野兽的语言，隔着大山有什么动物他都能知道。这样过了几年。有一天，他仍然到山里打猎，忽然听见一群飞鸟议论说："我们快到别处去吧！明天这里附近的大山都要崩裂，涌出的洪水泛滥遍野，不知要淹死多少野兽哩！"

海力布听见了这个消息，心里很着急，也没有心思再打猎了，赶紧回家，向大家说："我们赶快迁移到别处去吧！这个地方住不得了！谁要不相信，将来后悔就来不及了！"

大家听了他的话都很奇怪，有的认为根本不会有这桩事，有的认为可能是海力布发疯了，谁都不相信。海力布急得掉下眼泪说："难道我先死了，大家才相信我的话吗？"

几个年老的人向海力布说：

"你从来不说谎话，这是我们大家都知道的。可是你现在说这个地方住不得，这有什么根据呢？请你告诉我们！"

海力布想：灾难立刻就要来到了。如果我只顾自己避难，让大家受祸，这能行吗？我宁肯牺牲自己，也要救出大家。于是，他把如何得到宝石，如何利用打猎，今天又如何听见一群飞鸟议论和忙着逃难的情形，以及不能把听来的事情告诉别人，如果告诉了，立刻就会变成石头而死等等，说了出来。海力布边说边化，就渐渐变成了一块僵硬的石头。大家看见海力布变成了石头，立刻很悲痛地赶着牛羊马群，把家迁走。这时阴云密布，大雨已经下起来了。到第二天早晨，在轰轰的雷声中，忽然听见一声震天动地的响声，霎时山崩水涌，洪水滔滔。大家都感动地说："不是海力布为大家而牺牲，我们都要被洪水淹死了！"

后来，大家找到了海力布变的那块石头，把它搁在一个山顶上。好让子子孙孙都纪念这个牺牲自己保全大家的英雄海力布，子子孙孙都祭祀着他。据说，现在还有叫"海力布石头"的地方。

6. Der Reiter im grünen Gewand

(Tibetische Nationalität)

Ein Mann und eine Frau lebten einmal auf einem hohen Berg, einsam und in großer Armut, denn ihre Ehe war kinderlos geblieben, und der karge Bergboden brachte nur spärlich Getreide hervor.

Und als sie älter wurden, und ihre Kräfte allmählich schwanden, da seufzten sie gar oft und klagten: „Ach wäre uns doch nur ein Sohn beschieden! Dann könnten wir in Frieden unsere alten Tage verbringen, dann hätten wir jemand, der für uns sorgte, den Acker bestellte, Holz schlüge im Wald und an unserer Statt auf den Gütern des Chungpon* Frondienst leistete. Und wenn uns das Alter den Rücken beugte, genössen wir Ruhe, säßen friedlich daheim und rasteten, wie sich's für alte Leute gehört."

So beteten sie inbrünstig und klagten dem Gott der Berge und Flüsse ihr Leid, und nicht lange, und die Frau wusste, dass sie ein Kind gebären würde.

---

* Eine Art Kreisgouverneur, dem die Steuereintreibung und die örtliche Gerichtsbarkeit oblag.

Sieben Monate waren vergangen, da fühlte sie, dass ihre Stunde gekommen war, doch wehe! Nicht ein Menschenkind entsprang ihrem Schoß, sondern ein grünes, perlenäugiges Fröschlein.

Da sagte der Mann: „Was sollen wir mit dem Frosch, Weib? Werfen wir ihn einfach weg!"

„Wahrlich, geringe Liebe hat uns der Gott der Berge und Flüsse erwiesen, dass er uns einen Frosch schenkte anstatt eines Kindes!" jammerte die Frau. Aber wie bitterlich enttäuscht sie auch war, dauerte sie doch das arme Fröschlein: „Im lehmigen Tümpel ist sein Platz. Setz es in den Teich hinterm Haus, das Froschkind, damit es nach seiner Art lebe."

Als der Mann das Fröschlein aufnahm, fing es auf einmal zu sprechen an: „Ach, liebe Eltern, werft mich nicht ins Wasser. Lasst mich bei euch bleiben, ein Menschgeborener unter Menschen. Wenn ich erst einmal groß und erwachsen bin, will ich vieles hierzulande ändern und den Armen Hilfe bringen."

„Weib!" rief der Alte, „hast du gehört, er spricht, der Frosch!"

„Gut sind seine Worte", sagte die Frau. „Wahrhaftig, vieles muss anders werden bei uns.

Eine bittere Zukunft stünde uns Armen bevor, wenn alles beim Alten bliebe. Das kann kein gewöhnlicher Frosch sein, Mann, ein Frosch, der redet. Lass ihn bei und bleiben, wenn er's so wünscht."

Und so behielten sie das Fröschlein im Haus und liebten es, wie eben Eltern ihr Kind lieben. Denn die beiden waren herzensgute Menschen.

Die Zeit verging im Fluge. Das Fröschlein sah mit Kummer im Herzen, wie die beiden Alten sich mühten und plagten, und als drei Jahre um waren, sagte es eines Tages: „Mütterlein, Mütterlein, dünste einen großen Mehlkloß und tu ihn mir in den Schnappsack. Morgen früh will ich ans Ende des Tales zur Burg mit dem ragenden Bergfried, wo der Chungpon mit seinen drei schönen Töchtern wohnt: Die beste und tüchtigste will ich freien, damit ihr jemand habt, der euch hilft."

„Froschkind", sagte die Frau, „lass die Späße. Hässlich bist du und klein, so winzig fürwahr, dass Menschen gar leicht aus Versehen auf dich treten könnten. Der Chungpon wird dir keine seiner Töchter zur Frau geben!"

„Er wird mir zu Willen sein, Mütterchen. Höre auf mich und tu, was ich dir sage."

„Den Kloß will ich dir gerne machen, Froschkind, nur fürchte ich, dass dich die Leute für einen Kobold halten könnten und dich dann mit Asche bestreuen."

„Sei unbesorgt, Mutter, sie werden es nicht wagen", erwiderte das Fröschlein. Und so erfüllte ihm die Frau den Wunsch, und am nächsten Morgen schwang es sich den Schnappsack über den Rücken und hüpfte wacker und wohlgemut ins Tal hinab.

Als der Frosch zur Burg kam, rief er: „Chungpon, mach auf!"

Da schickte der Chungpon einen seiner Diener hinunter, um nachzusehen, wer da so ungestüm Einlass begehre. Und bald kam jener zurück und brachte die seltsame Nachricht: „Herr, ein Fröschlein ist's, das vor dem Tore steht, ein winziges Fröschlein."

„Gebieter", sprach darauf der Vogt und wiegte bedenklich sein Haupt, „das muss wohl ein Kobold sein. Lasst uns Asche nehmen und ihn damit bestreuen."

Der Chungpon aber entgegnete: „Nein, das sollten wir nicht tun. Mit einem so sonderbaren Gast wird's auch eine besondere Bewandtnis haben. Frösche sind dem feuchten Element entstiegen; wer weiß, ob's nicht ein Bote aus dem Palast des Drachenkönigs ist. Als einen guten Geist lasst uns das Fröschlein behandeln und ihm göttliche Ehren erweisen: Geht und besprengt es mit reiner Milch."

Das taten die Diener. Alsdann begab sich der Chungpon zum Tor und redete also das Fröschlein an: „Bist du aus dem Drachenpalast zu uns geschickt? Sag an, was führt dich her."

„Nein, nicht der Drachenkönig sendet mich, auf Freiersfüßen komme ich, aus eigenem Willen", antwortete das Fröschlein. „Drei erwachsene Töchter hast du im Haus, und eine davon möchte ich heute noch heimführen. Gewähre mir die Bitte und nimm mich zum Schweigersohn, Chungpon."

Da erschraken alle. Und der Chungpon wurde ungehalten und sagte: „Willst du dir Scherze mit mir erlauben, Frosch! Ein winziges, hässliches Tierlein wie du wagst es, um die Hand meiner Tochter anzuhalten! Gar manchen Edelmann habe ich schon abgewiesen, und da will nun ein Frosch mein Schwiegersohn werden! Den Gedanken schlag dir beizeiten aus den Kopf."

„Du willst mir die Bitte also nicht gewähren, Chungpon?" erwiderte das Fröschlein. „Nun, dann werde ich eben lachen."

Unwillig rief der Chungpon: „Genug davon! Wider Sinn und Vernunft ist, was du verlangst. Lach nur meinetwegen, wenn's dich danach gelüstet!"

Da hub nun das Fröschlein allen Ernstes zu lachen an. Und ein markerschütterndes Lachen war das – lauter, zehnmal, hundertmal lauter als die tausendstimmigen Quak-Serenaden der Teichfrösche in mondhellen Sommernächten. Ja, selbst den Erdboden machte das Fröschlein zittern mit seinem Lachen; und so fürchterlich bebte der Grund, dass Söller und Bergfried ächzend hin- und herschwankten, dass die Mauern klaffende Risse bekamen und die ganze Burg einzustürzen drohte, ein Steinhagel pfiff durch die Luft, ein Sandturm erhob sich und verfinsterte das Sonnenlicht. Der Chungpon und die Seinen dachten bereits, dass ihr letztes Stündlein geschlagen habe. Wie besessen rannten sie in der Burg umher, fielen stolpernd übereinander und stülpten sich allerart Hausgerät über den Kopf, um sich gegen das herabfallende Gemäuer zu schützen.

Der Chungpon wusste sich nicht mehr zu helfen, und so riss er schließlich das Fenster auf, steckte vorsichtig den Kopf hinaus und flehte das Fröschlein an: „Lach nicht mehr, ich bitte dich, lach nicht mehr! Wenn du so weiter lachst, wird's bald um uns geschehen sein. Gewährt sei dir deine Bitte, Frosch. Meine älteste Tochter sollst du zum Weibe haben."

Da hörte der Frosch zu lachen auf. Das Beben wurde schwächer und schwächer, und allmählich schlossen sich auch wieder die Risse in den Burgmauern.

Dem Chungpon aber steckte immer noch der Schreck in den Gliedern. Geschwind rief er seine älteste Tochter herbei und gelobte sie dem Frosch als Gattin an. Die Mitgift ließ er auf ein Packpferd laden und für die Braut einen Zelter satteln, damit sie sogleich mit ihm heimreiste.

Nur widerwillig und mit grollendem Herzen fügte sich die Tochter dem Gebot ihres Vaters. Und als es Zeit zum Aufbruch wurde und sie den Zelter besteigen sollte, da fiel ihr Blick auf eine steinerne Handmühle, die im Hofe lag, und rasch nahm sie den Drehstein auf und versteckte ihn unter ihrem Gewand.

Auf dem Heimweg hüpfte der Frosch fröhlich und guter Dinge voraus, und hinter ihm folgte die Braut hoch zu Ross. Ei, dachte sie sich, als sie den winzigen Bräutigam so arglos und unbekümmert einherhüpfen sah, ein Huftritt genügt wohl, um ihm den Garaus zu machen. Doch jedes Mal, wenn sie auf ihn zusprengte, hopste der Frosch flink zur Seite, so dass sie ihm trotz aller Tücke und Arglist nichts anhaben konnte. Schließlich riss ihr die Geduld, und als sie wieder einmal dicht an ihn herangeritten war, holte sie blitzschnell den Drehstein hervor und schmetterte ihn dem armen Frosch auf den Kopf, schwenkte herum und galoppierte zurück.

Da hörte sie plötzlich eine Stimme hinter sich: „Halt! Zügelt Euer Pferd, Fräulein." Erschrocken drehte sie sich um, und siehe da, heil und unversehrt kam der Frosch hinter ihr hergehüpft. Der Mühlstein hatte nämlich in der Mitte ein Loch, und durch dieses war er herausgesprungen, als sie den Stein hinterrücks auf ihn niedergeworfen hatte.

Von Angst und Grauen gepackt hielt sie das Pferd an. Der Frosch aber sagte ganz ruhig und gelassen: „Das Schicksal scheint uns nicht füreinander bestimmt zu haben, Fräulein. Nun, so will ich Euch denn auch wieder zurückbringen, da es Euch so sehr nach Hause zieht." Und damit ergriff er den Zaum ihres Zelters und geleitete sie heim.

Als sie wieder in der Burg ankamen, sprach das Fröschlein. „Ich weiß es, Chungpon, einer Eurer Töchter ist es bestimmt, die meine zu werden, nicht aber dieser; und darum bringe ich sie Euch auch wieder zurück. Gebt mir eine andere zum Weib."

„Bist du von Sinnen, Frosch!" schrie der Chungpon, bebend vor Wut. „Was denkst du denn, wer du bist! Schlecht wär's um mein Ansehen bestellt, wenn ich jeden dahergelaufenen Quakhals unter meinen Töchtern wählen ließe. Die älteste schickst du mir zurück, und nun willst du eine andere haben. Nein, sage ich, und abermals nein!"

„Ihr wollt meinen Wunsch also nicht erfüllen", entgegnete der Frosch. „Nun gut, dann werde ich weinen."

Was kann er mit seinem Weinen schon anstiften, überlegte der Chungpon; so arg wie sein Lachen wird's nicht sein. Und zornschnaubend rief er: „Weine nur, weine, Frosch. Niemand wird sich davor fürchten."

Kaum hatte er das gesagt, fing der Frosch auch wirklich zu weinen an. Es klang wie ein mächtiger Regenschauer in sturmdurchwühlter Sommernacht. Im Nu verfinsterte sich der Himmel. Ringsum krachten schwere Donnerschläge. Von den Berghängen schäumten Sturzbäche zu Tal und ergossen sich wallend über die Flur. Und immer noch weinte er, und höher und höher stiegen die Fluten, gischten die Wälle der Burg empor, bis nur mehr die Spitze des Bergfrieds hervorlugte. Dorthin flüchteten sich Herr, Töchter und Diener und kauerten sich ängstlich zusammen! Das Wasser aber stieg und stieg.

Da streckte der Chungpon in seiner Verzweiflung den Kopf über den Dachrand und rief zum Fröschlein hinunter: „Genug, Frosch, genug! Ach, weine nicht mehr. Ins feuchte Grab weinst du uns noch mit deinen Tränen. Gewährt sei dir die Bitte, gewährt! Meine zweitälteste Tochter sollst du zum Weibe haben."

Da hörte das Fröschlein sogleich zu weinen auf. Und die Fluten traten zurück und versiegten allmählich.

Der Chungpon musste nun wohl oder übel sein Versprechen halten, und wieder wurde die Mitgift auf ein Packpferd geladen und ein Zelter für die Braut gezäumt.

Aber auch der Zweitältesten war dieser Bräutigam von Herzen zuwider. Ach, dachte sie, wenn ich mir ihn doch nur irgendwie vom Hals schaffen könnte. Da gewahrte sie, als sie den Fuß in den Steigbügel setzte, die zweite Mühlscheibe auf dem Boden, und sie hob sie heimlich auf und verbarg sie an ihrer Brust. Und ebenso wie die Älteste versuchte auch sie, auf dem Wege den lästigen Bräutigam zu zertrampeln, holte auch sie schließlich den Stein hervor, schmetterte ihn auf das Fröschlein nieder, riss ihr Pferd herum und galoppierte heimwärts. Doch ehe sie noch weit gekommen war, hörte sie hinter sich jemand laut und vernehmlich „Halt!" rufen, und als sie sich umwandte, da kam auch schon wieder das Fröschlein herangehüpft, heil und gesund und munter wie vorher, und sagte durchaus nicht erzürnt oder böse: „Mich dünkt, Fräulein, dass uns das Schicksal nicht füreinander bestimmt hat. So kehrt denn zurück in Frieden, wenn's Euch so sehr nach Hause zieht." Und damit ergriff es den Zaum ihres Zelters und geleitete sie wieder heim.

So brachte nun das Fröschlein auch die Zweitälteste ihrem Vater zurück und bat um die Hand der Jüngsten.

Jetzt aber wurde der Chungpon noch zorniger. Wie ein Rasender stampfte er den Boden und schrie: „Erst schickst du mir die älteste Tochter zurück, dann die zweitälteste, und nun verlangst du auch noch die jüngste von mir! Du glaubst wohl, dass du dir alles erlauben darfst! Im ganzen Land gibt's keinen Edelmann, der sich so etwas bieten ließe. Gegen die Obrigkeit, gegen den Willen deines Herrn, gegen Recht und Brauch und Sitte wagst du dich aufzulehnen, elende Kröte, du ..." So eine Schmach hatte ihm noch keiner angetan. Die Wut erstickte ihm die Stimme.

„Worüber ärgert Ihr Euch denn eigentlich?" fragte das Fröschlein gelassen. „Weil Eure Älteste und Zweitälteste mir durchaus nicht folgen wollten, habe ich sie wieder heimgeschickt. Käme nicht alles in beste Ordnung, wenn Eure Jüngste einwilligte, Chungpon?"

„Nie!" schnaubte der Chungpon, außer sich vor Wut, „nie und nimmer würde sie einwilligen. Wo in der Welt gibt es ein Mädchen, das einen Quaker zum Mann haben wollte? Da hast du dich geirrt, wenn du glaubst, dass du mit mir und meinen Töchtern nach Belieben umspringen kannst, Frosch."

„Mit einem Wort, Ihr wollt mir die Bitte nicht gewähren", entgegnete das Fröschlein. „Nun, dann werde ich, mit Verlaub, ein wenig springen."

Der Herr erschrak zwar, seine wilde Wut aber übertönte die Stimme der Angst. „Spring nur, spring. Was kümmert's mich", rief er mit hasserfüllter Stimme. „Denkst du gar, dass sich ein Edelmann vor dem Gehüpfe eines Frosches fürchtet!"

Daraufhin fing das Fröschlein zu springen an. Augenblicklich lief ein Zittern durch die Erde, und der Boden bebte und schwankte wie die Wogen auf sturmgepeitschter See. Die Berge ringsum schlugen krachend zusammen. Erdklumpen und Steinblöcke wirbelten durch die Luft, dass das Antlitz der Sonne verdunkelt wurde. Nahe dem Einstürzen war die Burg; Söller und Bergfried wankten, als ob sie jeden Augenblick zusammenfallen würden.

Schließlich zwängte sich der Chungpon unter einem Haufen von Schutt und Trümmern hervor, wischte sich den Staub aus den Augen und schrie mit zitternder Stimme: „Nimm sie nur, nimm sie, die Jüngste! Mit Freuden geb' ich sie dir." Und sogleich hörte das Fröschlein zu springen auf. Die Erde beruhigte sich allmählich, die Berge schwankten nicht mehr, und bald blickten die Hänge und Höhen wieder still und friedlich aufs Tal herab.

Was blieb dem Chungpon da übrig, als zum dritten Mal den Zelter zäumen zu lassen. Und zum dritten Mal wurde ein Zaumross herbeigeführt und die Truhe mit der Mitgift der Jüngsten auf den Tragsattel gepackt.

Nun war die jüngste Tochter des Chungpon von ganz anderer Sinnesart als ihre beiden Schwestern, – liebreich und herzensgut. Und weil sie die ungewöhnlichen Kräfte des Fröschleins wohl zu schätzen wusste, stieß sie sich auch nicht an seiner Missgestalt, sondern willigte ohne Zögern ein, die Seine zu werden.

So trat nun das Fröschlein mit seiner Braut den Heimweg an. Als die alten Leute Getrappel von Pferdehufen hörten, eilten sie sogleich zur Tür; wie erstaunt waren sie, als sie das wunderhübsche Mädchen erblickten. Nein, dachten sie sich, das hätte wohl keiner erwartet, dass das hässliche Froschkind eine solche Braut heimführt!

Die beiden Alten gewannen ihre Schwiegertochter auch bald von Herzen lieb. Von früh bis spät half sie ihnen bei der Arbeit, und nicht nur flink und fleißig war sie, sondern auch voll Ehrfurcht und kindlicher Aufmerksamkeit.

Der Sommer war vergangen, und Arm und Reich bereitete sich wieder für das siebentägige

Herbstfest vor. Mit ihrem Jurten und mit Wegzehrung versehen, strömten die Leute von nah und fern zu jenem Berghang, wo seit alters her den überirdischen Wesen feierliche Rauchopfer dargebracht, Pauken- und Schellentänze aufgeführt, und im Anschluss daran fröhliche Trinkgelage und Wettbewerbe im Reiten abgehalten wurden. Die jungen Burschen und Mädchen aber suchten sich beim Herbstfest ihre Liebsten.

Die alte Frau wollte ihr Froschkind diesmal unbedingt mitnehmen. Das Fröschlein jedoch weigerte sich beharrlich: „Nein, Mutter, ich mag nicht. Mit meinen kurzen Beinen kann nicht über so viele Berge hüpfen. Nein, nein, viel zu weit und beschwerlich ist die Reise!" So nahm denn das alte Paar nur die Schwiegertochter mit. Das Fröschlein aber blieb zu Hause.

An den letzten drei Festtagen hielten die Burschen nach altherkömmlichem Brauch Wettrennen zu Pferde ab. Und jedes Mal, wenn dann der Sieger des Tages ausgerufen wurde, eilten sogleich die Mädchen herbei, umjubelten und umtanzten ihn, führten ihn zu den Jurten ihrer Eltern und Brüder und reichten ihm stolz einen Trunk von ihrem selbstgebrauten Gerstenbier.

Am siebenten und letzten Tage sollte das Entscheidungsrennen stattfinden. Da ritt auf einmal ein unbekannter Jüngling von stolzem Wuchs und edlen Zügen auf den Kampfplatz. Grün war sein Wams und von feinster Seide, schwarz sein Ross; mit Gold und Silber beschlagen, mit Smaragden und Rubinen bedeckt sein Sattel, Lauf und Kolben seiner Flinte waren mit Silber- und Korallenornamenten verziert. Wie gebannt blickten alle auf diese herrliche Jünglingsgestalt. Und mit Freuden willigte man ein, als er den Wunsch aussprach, am letzten Rennen teilzunehmen.

Mit unbekümmerter Ruhe rückte der fremde Jüngling das Sattelzeug seines Pferdes zurecht, derweil die anderen bereits in gestrecktem Galopp über die bunte Wiese dahinsprengten; und auch als er sich dann schließlich in den Sattel schwang, legte er ein gar sonderbares Gehabe an den Tag, denn während seine Mitbewerber, tief über die Männer ihrer Pferde gebeugt, nur ihr Ziel im Auge hatten, lud er im Galopp die Flinte und schoss auf die Adler, die hoch über dem Berghang kreisten. Dreimal lud er und dreimal drückte er ab, und nach jedem Schuss stürzte ein Adler zu Tode getroffen vom Himmel herab. Als er dann die anderen bereits überholt hatte, sprang er vom Pferd, riss Büsche von Glockenblumen und purpurfarbenen Chrysanthemen vom Wiesengrund und streute sie bald links, bald rechts in die Menge. Und wenn er sich dann wieder behände in den Sattel schwang, schnellte sein Ross so blitzgeschwind vorwärts, dass man nichts als einen Wirbel von flatternden Hufschlägen auf dem grünen Grase gewahrte; den erstaunten Zuschauern flimmerte es vor den Augen, und sie meinten wahrhaftig, Ross und Reiter schwebten in einer Wolke dahin. Es dauerte nicht lange, so hatte der Jüngling, allen anderen weit voraus, das Ziel erreicht.

Da ging ein Wispern und Raunen durch die Menge. Mädchen und Frauen, Knaben und Greise, ja, selbst die der heiligen Sutren kundigen Lamas, – alle steckten verwundert die Köpfe zusammen und fragten: „Woher kommt dieser Jüngling? Woher mag er nur kommen? Weiß niemand seinen Namen …?“ Oder sie flüsterten einander zu: „Unglaublich! Unglaublich! Nein, wie er nur die Adler herunterschoss und vom Pferd sprang und Blumen pflückte! Wer hat schon jemals so etwas gesehen!“ – „Wie edel von Gestalt, wie schön und stattlich er ist! Ein prächtiger Reiter! Ja, so ein kostbarer Sattel, ein so wunderbares Ross, ein Seidenwams wie das seine, passen wohl auch nur zu solch einer Heldengestalt." – „Ach, wo ist das Mädchen, das solch eines Jünglings wert ist?"

All die jungen Mädchen umdrängten den Sieger, sangen, umtanzten ihn fröhlich, luden ihn in ihre Jurten, dass er den Ehrentrunk von ihrem selbstgebrauten Gerstenbier trinke.

Doch kaum war die Abendsonne hinter den Berg hinabgerollt, da schwang er sich auf sein Ross, und ohne auch nur ein Wort des Abschieds zu sagen, sprengte er in jener Richtung davon, wo die Hütte des alten Paares lag.

Sprachlos blickte die Menge der Staubwolke nach, die hinter den fliegenden Hufen seines Rosses emporwirbelte.

Auch die jüngste Tochter des Chungpon fragte sich verwundert, wer dieser Jüngling sei und was ihn wohl dazu treibe, sogleich nach Sonnenuntergang davonzueilen. Vielleicht, dachte sie, wohnt er weit fort, und ebenso wie alle anderen trug auch sie ein sinnenverwirrendes Bild des kühnen Reiters in ihrem Herzen heimwärts.

Als das alte Paar und die Schwiegertochter wieder zu Hause anlangten, kam ihnen das Fröschlein schon bei der Türe entgegengehüpft. Und als sie ihm nun von den Ereignissen des Herbstfestes erzählen wollten, da wusste es schon alles, was sich auf dem Festplatz zugetragen, ja, selbst von den ungewöhnlichen Taten des jungen Reiters hatte es bereits Kunde erhalten.

Wieder war ein Jahr vergangen. Die Zeit des Herbstfestes rückte heran. Und wieder machten sich Eltern und Schwiegertochter auf den Weg zum Festplatz.

Als man sich zum Wettreiten rüstete, gedachten die Leute wieder des Jünglings im grünen Gewand und sagten zueinander: „Wenn er diesmal kommt, müssen wir ihn unbedingt fragen, wie er heißt, wo er zu Hause ist und welchem Herrn er dient."

Als dann am letzten Tag das Entscheidungsrennen beginnen sollte, sprengte auf einmal wieder der grüngekleidete Jüngling auf den Platz – so plötzlich, so überraschend, als ob er vom Himmel herabgebraust käme. Wieder ritt er sein schwarzes Ross, auch die reichverzierte Flinte trug er wieder über der Schulter; sein Gewand aber war diesmal noch herrlicher anzusehen, von noch feinerer, schönerer Seide.

Das Rennen begann. Die anderen waren bereits

davongeritten, nur er saß immer noch im Gras und trank gemächlich Tee. Als er sich endlich in den Sattel schwang und im Galopp dahinsauste, holte er wieder seine Flinte von der Schulter und schoss hintereinander drei Adler herab. Auch diesmal sprang er vom Pferde, pflückte Glockenblumen und Chrysanthemen und streute sie bald links, bald rechts in die Menge. Und schließlich sprengte er, allen anderen weit, weit voraus, so blitzschnell dem Ziel zu, dass man Ross und Reiter nicht mehr voneinander unterscheiden konnte, sondern nur noch einen Wirbel von Grün, eine grüne Wolke über die weite Wiese dahinjagen sah.

Mit solch inniger Freude hatten die Mädchen noch nie einen Sieger umtanzt, nie noch so begeistert die alten Weisen gesungen, keinem noch hatten sie mit solch glühendroten Wangen den Ehrentrunk von ihrem selbstgebrauten Gerstenbier kredenzt. Kaum aber neigte sich die Sonne, da sprang der Jüngling ohne Gruß und Abschiedswort in den Sattel und jagte wie der Wind davon.

Alte Männer und Frauen, die Magier und die schriftgelehrten Lamas waren aufs äußerste erstaunt. Wieder schwirrten die Fragen durch die Menge. Mit schwerem Herzen blickten die jungen

Mädchen der dahinstiebenden Staubwolke nach. Doch auch diesmal hatte man versäumt, den Jüngling nach Namen und Herkunft zu fragen.

Als die alten Leute mit der Schwiegertochter zu Hause ankamen, brauchten sie dem Fröschlein wieder nicht zu erzählen, was sich beim Herbstfest ereignet hatte.

Im Herzen der jungen Frau aber begannen sich allerlei Zweifel zu regen. Wie kommt es, fragte sie sich, dass das Fröschlein so haargenau Bescheid weiß? Auf dem Festplatz ist es doch nicht gewesen. Und was trieb den fremden Reiter früh zum Aufbruch? Warum jagte er schon mit den letzten Sonnenstrahlen davon? Und stets war er in die Richtung ihres Hauses davongeritten … Wie schön jener Jüngling doch war, wie liebenswert, wie stattlich und stark! – Und die heimlichen Ahnungen ihres Herzens ließen sie nimmer zur Ruhe kommen.

Wieder war es Herbst geworden, und auch diesmal begab sie sich mit ihren Schwiegereltern zum Festplatz, brachte gemeinsam mit ihnen das Rauchopfer dar, nahm an den Tänzen teil und labte sich in fröhlicher Runde an dem frischen selbstgebrauten Gerstenbier. Am Tage des Entscheidungsrennens jedoch schützte sie ein plötzliches

Übelsein vor: „Mein Kopf ist so schwer. Ach, lass mich heimreiten, Mutter!“ Die Schwiegereltern, die ihr von Herzen zugetan waren, halfen ihr mit besorgter Miene auf das dürre Mauleselchen und schickten sie nach Hause.

Langsam ritt sie den Berghang hinab, doch sobald sie außer Sichtweite ihrer Schwiegereltern war, gab sie dem Maulesel geschwind die Peitsche und trabte, so schnell es nur ging, nach Hause. Ihr erster Gedanke galt dem Fröschlein, als sie daheim ankam. Das Fröschlein aber ließ sich nirgendwo blicken. Überall hatte sie schon nachgeschaut. Schließlich fand sie an der Feuerstelle einen Froschbalg, der in Länge und Größe, in Farbe und Form genau ihrem Fröschlein entsprach. Geschwind hob sie die abgestreifte Froschhaut auf, und Freudentränen strömten ihr über das Antlitz: „So bist du es doch! So war meine Ahnung richtig! Mein Gemahl ist jener herrliche Jüngling, jener unübertreffliche Reiter! Kaum wage ich's, mich seine Gattin zu nennen. Oh, was für ein glückliches und dennoch armes Kind bin ich!“

Hastig trocknete sie sich die Wangen, aber wenn sie auf den Froschbalg in ihrer Hand blickte, tropften wieder die Tränen herab. „Ach“, rief sie bitter, „warum musst du dich mir in solch hässlichem Gewand zeigen? Bin ich deiner nicht wert, dass du mir in der Gestalt des kleinen, hässlichen Frosches erscheinst?“

Sie wurde so wütend über die Froschhaut, dass sie sich entschloss, sie zu verbrennen. Sie dachte nämlich, dass sich ihr Mann wieder in einen Frosch verwandeln könnte, wenn er zurückkäme. Und sogleich schleppte sie Holz herbei und entfachte ein Feuer.

Schon sank die Sonne hinter die Berge, als sie den Froschbalg in die Flammen warf. Da kam in einer Wolke von wirbelnden Hufschlägen der grüne Reiter herangesprengt.

Als der Jüngling das glimmende Froschgewand in den Flammen sah, wich alle Farbe aus seinem Antlitz. Mit einem Satz sprang er vom Pferd und riss den knisternden Balg aus dem Feuer. Zu spät! Nur die Haut des rechten Beines war heil geblieben. der Jüngling sank sterbensmüde auf einen Stein und seufzte aus tiefer Brust.

Da erschrak die Frau. Schnell fasste sie ihn beim Arm und geleitete ihn ins Haus. Und wehmütig sagte sie: „Ach, mein Gemahl, warum musstest du mir in Froschgestalt erscheinen, ein schöner

Jüngling, ein trefflicher Reiter wie du? Ach, welches Mädchen hat schon einen Frosch zum Mann? Denk doch nur, wie traurig mir ums Herz war."

„Ach, Liebste mein", entgegnete der Jüngling, „was hast du nur mit deiner Ungeduld angerichtet! Ein frohes Leben war uns bestimmt, Glück und Frieden sollte ich dem Volk bringen. Doch, ach, noch fehlt es mir an Kraft! Noch kann ich das raue Menschendasein nicht ertragen."

„Weh mir, so habe ich dir Leid zugefügt", rief sie verzweifelt.

„Es ist nicht deine Schuld", erwiderte der Jüngling. „Warum musste ich auch zum Festplatz reiten und meine Kräfte erproben! Nun habe ich unsere Zukunft zerstört, und auch unser Volk wird nicht Glück und Frieden finden. Denn wisse, nicht ein gewöhnliches Menschenwesen bin ich, sondern wiedergeboren ward in mir der göttliche Sohn der Erdmutter. Vorausbestimmt war es mir, den Menschen zu helfen. Oh, hätte ich nur gewartet, ich wäre zu voller Stärke herangewachsen! Nie wieder hätten die Reichen ihren Fuß auf den Nacken der Armen gesetzt, Bauer und Hirt wären nimmermehr geknechtet worden, und man hätte eine große Straße bis nach Beijing gebaut, und das Han-Volk hätte uns Getreide gebracht und wir ihm Rinder und Schafe dafür gegeben. Der eisige Frosthauch wäre verjagt, Wärme herrschte, glücklich lebte das Volk, ich selbst weilte als Mensch unter Menschen, wenn ich meine Aufgabe hätte erfüllen können. Zu früh, ach! Zu früh habe ich mich aus meiner Froschhaut herausgewagt. Ehe der Morgen graut, muss ich sterben. Mutter Erde, an deine Brust kehre ich zurück!“

Heiße Tränen weinte die arme Frau. Sie umklammerte den hinwelkenden Körper und schluchzte: „Nein, du darfst nicht sterben! Ganz sicher kannst du gerettet werden!“

So bitterlich weinte das Mädchen, dass er schließlich ihre Hand in seine schwache Hand legte. „Meine liebe Frau“, sagte er, „gebiete deinem Schmerz Einhalt. Noch gibt es eine Möglichkeit der Rettung für mich.“ Und indem er nach Westen wies, fuhr er fort: „Besteige mein schwarzes Ross. Auf schnellen Hufen wird es dich westwärts tragen. Und wenn du zu einem Schloss in einer goldschimmernden Wolke gelangst, dann steige vom Pferd und eile hinein und flehe den allmächtigen Geisterkönig an, dass er dir zum Heil unseres Volkes diese drei Wüsche gewähre: „Fortan sollen die

Menschen nicht mehr in reich und arm geschieden sein; nie wieder sollen Herren das Volk knechten, und eine große Straße soll unser Bergland mit dem fernen Beijing verbinden, damit wir unsere Rinder und Schafe gegen Reis und Korn des Han-Volks tauschen können. Und erfüllt dir der mächtige Geist die drei Wünsche, ehe noch der Morgen graut, dann brauche ich mein Froschkleid nicht mehr. Dann wird der kalte Frosthauch segensreicher Wärme weichen und ich bin gerettet."

Unverzüglich bestieg sie das schwarze Ross, und wie im Flug sauste sie dahin; der Wind pfiff ihr um die Ohren, weiße Wolken segelten an ihr vorbei; und es dauerte nicht lange, so erblickte sie auch schon von ferne ein in goldrotem Glanz erstrahlendes Geisterschloss. Das Ross hielt vor dem Portal. Sogleich eilte sie hinein und trug dem Geisterkönig ihre Bitte vor. Gerührt von der Einfalt ihres Herzens lauschte der mächtige Geist gnädig ihren Worten. „Gewährt sei dir die Bitte, holdes Kind, denn reinen Herzens tratest du vor meinen Thron", sprach er zu ihr mit väterlicher Güte. „Doch musst du noch vor Morgengrauen das Volk verständigen, dass ich dir deine drei Wünsche gewährt habe. Denn nur wenn das Volk Kunde davon erhalten hat, können die Wünsche auch wirklich in Erfüllung gehen; dann wird der eisige Frosthauch weichen und dein Gemahl wird das Erdendasein ertragen."

Glückstrahlend bedankte sich die junge Frau, schwang sich auf ihr Ross und jagte davon, um noch vor Tagesanbruch dem Volke die Botschaft zu bringen.

Als sie auf ihrem Weg durchs Tal an der Burg ihres Vaters vorbeikam, da trat der Alte gerade aus dem Tor. „Wohin reitest du in später Nacht?" rief er verwundert.

„Ach, Vater, etwas Wunderbares, Unglaubliches hat mir der Geisterkönig versprochen. Und nun reite ich von Dorf zu Dorf, von Haus zu Haus und bringe allen die frohe Kunde."

„Warum so eilig? Was hat er dir denn versprochen, Tochter?"

„Vater, ein andermal werd' ich dir's sagen. Die Zeit drängt, ich kann nicht länger verweilen."

Da kam der Chungpon die Steinstufen herab:

„Der Herr hier bin ich. Sprich! Dein Vater muss zuerst erfahren, was hierzulande vorgeht", und er fasste nach dem Halfterriemen ihres Pferdes.

Um nur möglichst schnell fortzukommen,

erzählte sie ihm nun in aller Hast, dass ihr der Geisterkönig versprochen habe, die Unterschiede zwischen Arm und Reich aufzuheben. Mit gerunzelten Brauen unterbrach sie der Alte:

„Wenn's keine Armen und Reichen mehr gäbe, wo blieben dann die Standesunterscheide? Dann hättet ihr euch eure Mitgift selbst erarbeiten müssen, du und deine Schwestern. Keine Reichen und Armen mehr! Eine feine Welt wäre das!" Und wütend zerrte er am Halfter.

„Und zweitens hat mir der Geisterkönig zugesagt, dass nie wieder Herren das Volk zwacken und knechten werden."

„Wer würde dann für uns fronen, wer unsere Rinder und Schafherden weiden, wer für uns pflügen und säen?" rief der Alte zornig und verlangte das dritte Versprechen zu hören.

„Und drittens hat er uns eine große Straße von hier bis Beijing versprochen, damit wir mit dem Han-Volk Reis und Korn gegen unsere Rinder und Schafe tauschen können. Und wenn all dies in Erfüllung gegangen ist, wird auch die eisige Kälte für ewig weichen, so dass …"

Der Chungpon aber ließ sie gar nicht erst ausreden: „Das ist alles Unsinn!" fluchte er. „Was soll uns das Getreide des Han-Volkes? Haben wir nicht genug an unseren Rindern und Schafen? – Unsinn! Glaub ihm nicht, dem Geisterkönig! Und dass du dich ja nicht unterstehst, dem gemeinen Volk auch nur ein Wort von alledem zu sagen!"

„Vater, lass mich fort!" rief das Mädchen. „Ich darf nicht länger verweilen!" Der Alte aber ließ nicht locker, und da sie nicht freikommen konnte, bat und bettelte sie und schrie in schierer Verzweiflung. Schon krähte der Hahn zum ersten Mal. Nicht Bitten, nicht gute Worte, nicht Zank, noch Geschrei, nichts half, nichts. Mit aller Macht klammerte er sich ans Riemenzeug. „Von Sinnen bist du, von Sinnen. Die Mitgift willst du deinen Schwestern rauben. Elende … Aufruhe stiften unter den Hirten … die Fronknechte aufwiegeln gegen deinen Vater, Verfluchte, Verruchte, du …"

Verzweifelt rang sie mit ihm, verzweifelt wandte und drehte sie sich im Sattel, packte seine Hand und suchte den klammernden Griff zu lösen. – Da, horch! schon kündete der zweite Hahnenschrei den nahenden Morgen.

In ihrer Herzensangst riss sie die Peitsche hoch und schlug auf das Ross ein. Und jäh bäumte es sich und schoss mit einem gewaltigen Sprung empor, dass dem Alten die Riemen entglitten und er zu Boden fiel. Doch, wehe, kaum hatte sie dem ersten Dorf im Tal Nachricht gebracht, krähte der Hahn zum dritten Mal. Und so ward der Wille des Geisterkönigs nur wenigen Familien kund.

Schon graute der Himmel im Osten. Die Frist war um, die gefürchtete Stunde gekommen, jede Hoffnung auf Rettung geschwunden. Und blutenden Herzens kehrte sie wieder heim.

Klagegeschrei empfing sie zu Hause, herzzerreißendes Schluchzen und Weinen. In Tränen aufgelöst kauerte ihre Schwiegermutter bei der Bahre und murmelte in trostlosem Schmerze: „Mali … Mali … Mali …“

Schluchzend war sich die junge Frau über den Toten, jammerte und klagte, verwünschte ihre Neugier und Ungeduld und die herrische Hartherzigkeit ihres Vaters.

Die beiden Alten bestatteten den Toten an einem Felsen in halber Höhe des Berges. Abend für Abend, wenn die Schatten schräg zu Tal fielen, eilte die junge Frau zum Grab ihres Mannes und klagte den Felsen ihr Weh und ihre Schuld. So geschah es eines Tages, dass sie am Grab ihres Mannes mitten im Gebet zu Stein erstarrte. Seither hat man auch nie wieder ihre klagende Stimme im Tal gehört.

Noch heute bemerkt der Wanderer in jenen einsamen Höhen mit staunendem Auge die steinerne Mädchengestalt auf dem steilen Felsen. Mit sturmzerzaustem Haar steht sie dort, den Blick in die Ferne gerichtet, und betet ihr ewiges Gebet.

6. 青蛙骑手

（藏族）

从前，在一座遥远的高山上，住着一家穷人。他们只有夫妻两个，在山上贫瘠的土地上种了一点青稞和洋芋，日子过得非常贫困。

他们慢慢老了，气力也一天不如一天了。两人都渴望有个孩子，他们两人说："我们有个孩子多好啊！老了也有人替我们做庄稼，替我们到头人那里去上差，替我们到山上去砍柴，让我们两个老人能弯着背在火塘旁边安闲地坐一刻也好。"

于是，他们去向"墨尔扎那神"*祈祷，祈祷得很虔诚。不久，他的妻子果然有孕了。

七个月后，他的妻子临盆了。但生的不是一个婴儿，却是一只有着两只鼓鼓的大眼珠的青蛙。

老人说："老婆子，这多奇怪呀！它不是一个娃娃，是一只眼睛鼓鼓的青蛙，我们还是把它丢出去吧！"

他妻子听了心中不忍，说："神真太不看顾我们了，不给我们一个娃娃，却给一只青蛙。但它总是我们生的，不要把它丢了吧！蛙住的地方是泥塘，你把它放到我们屋后的那个泥塘里去吧！让它在泥塘里活下去。"

老人果然捧着蛙要去放，但蛙在他手里说话了："爸爸妈妈呀，不要把我放到泥塘里吧！我是人生的，

---

* 墨尔扎那神：管山和江河的神。

让我和人一起长大吧！我长大，我要使我们这地变样子，使我们穷人变样子！”

老人吃了一惊：“老婆子，真是怪事啊！这蛙说了话啦！”他妻子说：“它说的是好话！真的，我们穷人也真该变一变样子了。不变我们怎么活得下去啊！它既然会说话，一定是只不平常的蛙。就让它和我们一起住下去吧！”

两夫妻都是慈心人，就这样没有把蛙拿去放在泥塘里。而让它像自己孩子一样，和他们一起住下去了。

过了三年，青蛙看见两个老人每天都工作得很劳苦，一天它就对老婆子说：“妈妈，妈妈，你明天给我做一个大箩面的馍馍，替我装在口袋里，我要到沟口那家有碉楼和官寨的头人那里去求亲。他有三个好看的姑娘，我要去讨一个心肠好和能干的来做你的媳妇，帮你干活。”

老婆子说：“娃娃呀，你不要说笑话吧！像你这样小，这样丑，时常被人踩在脚下的青蛙，谁肯把姑娘给你做媳妇呀！”

青蛙说：“妈妈，你做吧！他们会肯的。”

老婆子说：“馍馍我做，但担心别人看见你，会说妖怪来了，要撒灰在你头上！”

青蛙说：“妈妈，你放心，他们不敢那样做。”

老婆子听了它的话，第二天一早，果然用箩面给它做了一个大馍，并用口袋装着交给它。

它把口袋背在背上，一跳一跳地向沟口有碉楼和官寨的头人家那里去了。

青蛙到了头人那里，在门外喊道："头人，头人，开一开门啦！"

头人听见门外有人喊，就叫人去看。

看的人回来，脸上露出惊奇的颜色，说："头人，你看多奇怪呀！喊的是只青蛙，一只很小的青蛙。"

头人的管家做出有主张的样子说："头人，这明明是妖怪，我们快用灰撒在它头上吧！"

头人说："先不要撒灰吧！这一定是有来历的。蛙是水里生长的，说不定是龙宫派来做什么的，你们像敬神一样挤牛奶向它撒吧！撒了我去看它。"

左右的人听他吩咐过后，就用迎神的礼节来迎它，把挤出的奶向它和天空撒去。

撒了奶后，头人走到门口问它说："小青蛙，你是龙宫派来的吗？你来做什么？"

青蛙说："我不是龙宫派来的，我是自己来的。因你有三个女儿，都到了出嫁的时候了，我要讨一个做妻子，我是来向你求亲的。今天就请你答应给我一个做妻子吧！"

头人和左右都吃惊了。头人说："青蛙，你不要开玩笑吧！你自己不看看你自己多小，多丑，怎能配我的女儿呢？许多大头人来求亲，我都没有答应，我怎么会把女儿给一只蛙呢？我看你不要妄想吧！"

青蛙说："头人，这是你不肯了。若你不肯，我就要笑！"

头人一下子生起气来，说："青蛙，你不要说那些不合情理的话吧！你若要笑，那就笑吧！"

青蛙见他这样，果然就笑了，笑得咯咯咯地，比夜间泥塘里成群的蛙鼓还响亮十倍百倍。当它笑时，地立刻震动起来，头人高大的碉楼和官寨也震动得像要倒塌一样，四周的墙都裂了口，到处扬起石块飞沙，立刻把阳光都遮蔽得看不见了。这时，头人一家人和他左右的人都在室内乱跑，你推我拥。有的把家具顶在头上保护着自己，好像遇着大灾难一样。

最后还是头人从窗上伸出头来向青蛙求情说："青蛙，不要笑了吧！你再笑，我们快活不成了。让我喊我的大女儿跟你去做妻子吧！"

青蛙果然不笑了，地也慢慢停止了震动，房子也还原了。

头人已被青蛙吓昏了，没有办法，只好喊大女儿出来，叫她跟着青蛙去做妻子。又叫人牵出两匹马来，一匹载嫁妆，一匹让女儿骑。

大女儿看父亲把她配给一只蛙，心里很不愿意。上马时，看见屋檐下有一副石手磨，她悄悄地把那石手磨的上半扇取来藏在怀里。

她骑马跟着青蛙走，青蛙在前面跳着带路。她不断把马打快，想从青蛙的身上跑过，用马蹄去踏死它，但青蛙总时而左时而右地跳着，总是踏不着。最后她急了，当一次和青蛙走得最近时，就悄悄地取出怀中的手磨，向跳着的青蛙打去，并立刻扭转马头向家里跑。

但当她没有跑上几步时，后面青蛙大声向她喊，说："大小姐，你停停吧，我有话说！"她回头一看，只见那被手磨打着的青蛙又来了。原来青蛙被打时，手磨上有个小圆眼，它就从那个小圆眼里跳出来了。

她非常吃惊，只好把马停下。青蛙对她说："大小姐，我们俩没有姻缘。你既然想回去，就回去吧！"说着，就替她牵马，送她回去。

二人转到官寨，青蛙对头人说："头人，我们两个没有姻缘，因此把她送回来了。现在，你给我别的女儿吧！我要那和我有姻缘的。"

头人生气地说："青蛙，你好不自量，你太不知道你的身份。既然你送回了我的大女儿，我就再不会拿女儿给你挑选了。我的女儿由你挑选，我还成个头人吗？"说时气得发抖。

青蛙说："看起来，你是不肯了。你若不肯，我就要哭！"

头人心想："哭有什么要紧，哭总没有笑那样凶吧？"于是气呼呼地说："青蛙，你要哭就哭吧！谁还怕你哭！"

于是，青蛙就哭了，哭得吁吁吁地，像夏夜的雨一样。当它一哭，天立刻黑下来，到处起着咆哮的雷鸣，四山都涨出澎湃的洪水来，立刻平地变成了汪洋，洪水不断上涨，很快把头人的官寨和碉楼都淹完了。头人一家和他左右的人都往屋顶跑，在屋顶上挤成一团。

最后头人不得不把头伸到屋檐外，向青蛙说："青蛙，你不要哭了吧！再哭，我们都要活不成了，我让我的二女儿跟你去做妻子吧！"

这样，青蛙立刻停止了哭，四围的水也慢慢退了。

头人没法，只好又喊人牵两匹马来，一匹载嫁妆，一匹载女儿，叫二女儿跟着青蛙去。

二女儿心里很不愿意，上马时看见屋檐下还有半扇石手磨，就悄悄地取来藏在怀里。在路上她一样用马蹄踏它，用手磨打它，也一样扭转马头向家跑。

但她仍被青蛙喊住了，青蛙对她说："二小姐，我们俩没有姻缘，你要回去就回去吧！"蛙仍然替她牵马，把她送回去。

蛙把二姑娘交给头人后，又请他把他的三女儿许给它。

这次头人真得生气了，他暴跳如雷地说："给你大女儿，你退回来了，给你二女儿，你退回来了。现在你又要我的三女儿，你真太任性了，天下哪有这样好欺负的头人。你……你……你真太无法无天了！"他气得说不下去，觉得他一生也没有受过这样的委屈。但现在他却受着了。

蛙平静地对他说："头人，你何必生气呢？你大女儿、二女儿不愿意跟我，我送她们回来了；你三女儿愿意，那不很好吗？"

头人恨恨地向它说："不，不，不，她不会愿意，哪有一个女孩子愿意跟一只蛙，我太让你随便摆布了。"

蛙说："这是你不肯了。若你不肯，我就要跳。"

头人心里一惊，但因气极了，所以就气冲冲地说："你要跳就跳吧！我怕你跳，还成个什么头人啊！"

青蛙果然跳了，它一上一下地跳着。当它跳时，周围大地立刻震动，一起一伏，简直像海中遇风的波浪，四周高山都震动得彼此相碰，碰得岩石乱飞，泥沙四溅，天日一时都看不清了，官寨的石房和碉楼也不断摇摆，像快要翻转一样。

这样，头人又不得不由灰堆里立起来，大声求着青蛙答应把三女儿嫁给它，青蛙也停止了跳，同时大地也不震动了，四山也还原了。

头人没法，只好又用一匹马载嫁妆一匹马载女儿，送他三女儿上路。

三小姐是个善心的人，她没有她两个姐姐的想法，同时认为青蛙是只有能力的蛙。因此她愿意跟青蛙去。

就这样，青蛙把她带了回家。妈妈在门口接着，惊得合不拢嘴。心想："真不料我这又小又丑的娃娃也会有个这样漂亮的媳妇啊！"

这姑娘很勤快，常跟妈妈一道到地里去做活，因此婆婆也疼媳妇，媳妇也敬婆婆，妈妈感到幸福，每天都分外欢喜。

秋天来了，远处山上照例要举行每年一次的赛马会，依习惯几百里以内不论贫富，都要带上他们的帐篷和一年储蓄的粮食来参加。在那里"烧烟烟"*敬神、跳锅庄、喝酒、赛马，年轻人还可以在那里选择相爱的对象。这次，当妈妈要青蛙也去时，青蛙摇头说："妈妈，

---

* 烧烟烟：藏语为"日瓦格达"，砍树枝烧烟，表示烧香敬神，一般在野外举行，也叫"烧烟烟"。

我不去，那里有翻不完的山，我走不去呀！”于是，大家就把它留在家里，各自去了。

“烧烟烟”的七天中，最后三天是赛马。赛马开始后，每天得胜的骑手，都有年轻的姑娘们上前去，围绕他们跳锅庄，并请他们走遍他们父母和兄弟的帐篷，去尝她们亲手酿成的“坛子酒”*。

但第三天，最后几个得胜的骑手要决赛时，忽然从场外来了个青衣青马的少年。他生得非常壮健标致，他的衣服是最华贵的绸缎做成的，他的马鞍镶满了金银和宝石，他肩上挂了一支装饰着银和珊瑚的火枪。当他进场时，众人都回过头来看他。他进场要求和众人决赛，众人表示欢迎。决赛时他一点都不慌忙，当青年骑手们已开始跑了，他才动手整理他的马鞍，然后从他们后面追上去。

当骑手们围着这宽广的大草场赛跑时，别的骑手只一心地伏在他们的马背上向前跑，但这少年却一面跑着，一面在马背上装火枪，并向在高空盘旋着的鹰放了三枪，立刻击下了三只鹰。当跑到众人前面时，他还从马背左边跃下，摘下几朵草原上长得最美丽的“舍尔洛花”**，向左边的人群丢去；又从右边跃下，摘了几朵紫色的银菊花，向右边的人群丢去；然后又骑着马飞跑。他的马在这绿色的草原上跑时，只见四蹄翻滚，像在云中飞腾一般，把众人都看痴了。他终于跑在所有骑

---

* 坛子酒：在坛内用青稞发酵成酒，上放一细竹管，随饮随时掺入冷水，用以自饮和待客。这酒不论贫富家家都有。

** 舍尔洛花：一种美丽的金黄色野花。

手前面，第一个到了目的地。

赛马场的老人们、念经的喇嘛们、妇人们、年轻的姑娘们都吃惊了，都互相低声耳语：

“这少年是哪里来的呀？他叫啥名字呀？”

“在马上放火枪，又从马背左边跃下摘舍尔洛花，右边跃下摘银菊花，我还第一次看见呢！”

“好标致壮健的少年郎，真配得上那样的好鞍好马和那样好的绸缎衣裳啊！”

“像这样标致壮健的少年郎，不知要什么样的姑娘才能和他相配啊！”

于是年轻的姑娘们围着这胜利者热情地唱歌、跳锅庄，又引他到各家的帐篷去喝她们亲手酿出的坛子酒。

但太阳刚刚落山，那少年顾不得和众人告别，就匆匆忙忙地跳上马，向姑娘和老人们来的那个方向跑走了。

全场的人都望着那高大的青马后蹄翻扬起来的尘土出神。

姑娘也想：“这是哪里来的年轻骑手呢？他是一个多漂亮多壮健的骑手啊！他叫啥名字？为啥太阳一落山就要那样匆忙地跑走呢？他家住得远吗？”她也和众人一样，带着谜一样的感情回到了家。

他们到家时，青蛙在门口接着他们。当大家正要向它说赛马会中的事时，哪知它都知道，也知道那个少年骑手的事，大家都觉得奇怪。

第二年秋天又来了，那一年一次的赛马会仍在原地举行。这年它爸爸妈妈和姑娘又一道去了。

当赛马的日子到了时，有人还在惦念那青衣青马的骑手。有人说："他这次来了，我们一定要问他的名字，还要问他住在哪里，是哪个官寨上的。"

当最后一天决赛时，那青衣青马的骑手忽然骑着他的马像从天上飞下来一样跑进了赛马场。这天，他穿着更华贵的青缎衣裳，骑着青的马，仍带着他那支美丽的火枪。当所有的骑手都跑走时，他还坐下喝茶，喝了茶后才上马。当马飞驰时，他仍然和去年一样在马上装火枪，并向天上放三枪，击下三只鹰。当他从众人面前过时，他仍然左边跃下，摘了舍尔洛花向左边人群丢去；右边跃下，摘了银菊花向右边人群丢去。最后，他的马就如在云中飞行一样，只见一朵青色的云在草地上飞，其它什么也看不见。不久，他依然跑在所有骑手的前面。

年轻的姑娘们和以往的习惯一样，向赛马的胜利者唱歌和跳锅庄。只是姑娘们对这个少骑手唱得更热情，舞得更热情，并特别热情地请他到各家帐篷去喝她们自己酿的坛子酒。但当太阳一落山，他又匆忙地来不及向众人告别，就跳上马背跑走了。

老年人、念经的喇嘛们、多情的姑娘们，又热闹地彼此打听和惊奇地望着他马的后蹄所翻扬起来的尘土出神，大家仍然没有来得及问那少年的名字和住处。

当爸爸妈妈和姑娘回来时，青蛙又知道赛马场中的一切，并知道那青年来得晚，又如何胜利。

这使姑娘吃惊了，她心里想：“它没到赛马场，为什么一切都知道得那样清楚呢？为什么那少年在太阳落山前要跑走呢？为什么它和我们走着一样的方向呢？人世间真会有那样好的骑手吗？他是个多么壮健标致多么动人的少年郎啊！”她从此存心想要把这事弄个清楚。

转眼第三年赛马会又来了，姑娘一样跟爸爸妈妈去，一样跟他们烧烟烟敬神，跳锅庄，喝坛子酒。但当到了赛马决赛那天，姑娘对妈妈说：“妈妈呀，我身子不好，头有千斤那样重，我要回家去了，让我骑那匹骡先回去吧！”爸爸妈妈都心疼她，就让她骑那匹背帐篷的瘦骡先回去。

姑娘骑在骡上走下了山，当爸爸妈妈看不见时，她就让骡快快往家跑。跑拢家时，她第一件事就是去找青蛙。但找遍了各处都没找见，后来在火塘边上找到一张青蛙皮，一个和她丈夫一模一样的青蛙皮。姑娘把皮捧在手上，喜欢得掉下泪来，她说：“对了，原来是他呀！啊！天啊！神啊！我是多么幸福啊！我的丈夫原来是那样一个壮健标致的少年郎，又是那样一个了不起的骑手，我几乎配不上他了。我是个多么幸福又多么可怜的女孩子啊！”

她说完，急忙揩干眼泪，但眼泪又滚下来。她把青蛙皮翻来覆去地看，恨恨地说：“你为什么要穿上这么难看的皮呢？你为什么平时总是那么小，那么丑，难道我真配不上你吗？”

她翻看着青蛙皮越想越恨，最后她想："我把它烧掉吧！不然，他回来，又要变成一个又小又丑的蛙了。"于是她动手点火去烧它。

当她在窗前用火烧那蛙皮时，正是太阳落山的时候。忽地那少年骑着他青色的马，像天空中一朵青色的云落在她面前。

少年看见她在烧蛙皮，立刻吓得脸上没有血色。他迅速地跳下马来在她手中去抢。但当抢到时，已烧得只剩下一只蛙的右腿皮了。少年顿时长长地叹了一口气，没有一点气力地倒在屋前一块大石头上。

姑娘惊慌了，急忙跑去把他扶到屋里来。

她悲伤地向他说："我的丈夫啊，你是这样一个好少年，又是这样一个好骑手，你为什么要变成一只蛙呢？别的姑娘的丈夫都是人，但我的丈夫却是一只蛙，你想，我多难受啊！"

少年说："姑娘，你太性急了，你做得太早了，你稍等等，等我力量长成了，那时我们就可以好好地过下去了。现在，我还不能活下去，百姓也得不到幸福了！"

姑娘说："难道我做错了吗？这要怎样才好呢？"

少年说："不是你错，是我自己不谨慎。我想试试我的力量长成了多少，因此我才到赛马场去的。只是这样一来，我们得不到幸福，百姓也得不到幸福了。因为我不是普通人，我是地母的儿子'撒尔加尔神'*的化

* 撒尔加尔神：生长万物的地母女神的儿子。

身。等我长到力量够了的时候，我就要起来替百姓做事。要使人世间再看不见有钱人糟蹋穷苦人；要使人世间再看不见做官的人压迫百姓；要使我们这地方有条路到北京，北京有条路到这里，让汉人给我们粮食，我们给汉人牛羊。但现在我还没有长成，我的力量还不够，我还不能离开青蛙皮过夜，我还不能忍受夜间的寒冷。这样过夜，在天明以前我是要死的。只有等我长成了，力量够了，把百姓的事都做到，这里会变得异常温暖，那时我就可以不再在青蛙皮里过夜了。但是现在一切都太早了，我不能活下去，我必定在今天晚上再回到地母——我的母亲那里去。"

姑娘听他说时，双目流泪，紧紧地抱着软弱万分的少年，心痛地说："我的丈夫啊，你千万不要死，你千万留下来，我相信你有能力活下去。"

少年看见姑娘哭得又哀切又可怜，最后才颤抖地握着她的手说："年轻的妻啊，你不要难过，你若要我活下去，目前还有一个办法，若办得到，我就可以活下去了。"少年用手指着远远的西方继续说："这只是看神的意志，凭神的允许了。你现在立刻骑上我那匹青色的马，它走得快，或者还来得及。它会带你到西方去，在西方一处红色的云里有一座神殿，你走进去，向神请求，用百姓的幸福向神请求，请他在明天天亮以前允许我们三件事：一件事允许我们这里从此没有贫富的分别；一件事允许我们这里从此没有官压迫百姓；一件事允许我们这里有条路到北京，北京有条路到这里，让汉人给我们粮食，我们给汉人牛羊。若神答应了，这里立刻可以变得温暖，我可以在青蛙皮外过夜，这样我就不会死了。”

姑娘立刻骑上青色的马走了。马走时，如腾在空中一样。她耳里只听见呼呼的风声，眼里只看见朵朵后退的白云。最后她走到一座四围都射出金色太阳红光的神殿，她进去向神恳求，神为她的诚心所感动，就答应了她。

神向她说：“姑娘，为你的诚心，你求的事都答应你。但你必须在天亮以前把这三件事挨家挨户去告诉百姓，让百姓都知道，这三件事就应验了。而且，从此这地方不再寒冷，你的丈夫也可以在蛙皮外过夜了。”

姑娘心里欢喜，立刻谢了神，骑上马往回走，想在天亮以前，去挨家挨户给百姓说。

但当她催着马走，跑进沟口时，碰见她父亲立在官寨门口。

她父亲看见女儿骑马飞跑，就问她说：“女儿，你有什么事吗？为什么这深夜还骑着马跑呢？”

姑娘说：“有事！爸爸！神已经答应我一件了不得的事，我正要挨家挨户去告诉百姓。”

头人问：“看你忙成这样，神究竟答应了什么？你告诉我吧！”

姑娘说：“爸爸，实在来不及，等我回头来告诉你吧！”

头人说：“我是头人啊！你怎么能不先告诉我。”说时，他走下石阶，伸手把姑娘的马辔拉着。

姑娘想快点脱身，只好一一告诉他，说："神允许了我们三件事：一件事是允许我们这里从此没有贫富的分别。"

头人听了皱着眉头喊叫说："人世间没有贫富的分别还有个上下吗？而且你们姊妹们怎么会有嫁妆呢？"他仍然拉着马辔不放姑娘走。

姑娘又说："一件事是允许我们这里从此没有官压迫老百姓。"

头人听了摇头说："没有官压迫老百姓，那谁给我们当差？谁给我们放牛羊、做庄稼呢？"又问姑娘第三事。

姑娘说："一件事是允许我们这里有条路通北京，北京有条路通这里，让汉人给我们粮食，我们给汉人牛羊。而且当一切都实现了时，这里就不会再冷……"

头人没等她说完就咆哮说："这尽是一些胡说！我们有牛羊就够了，何必要汉人的粮食。这不是神的吩咐，你不要相信这些话，我不让你去和百姓说这些话。"

姑娘说："爸爸，我再不能停留了，让我去吧！"说着打马要走，但头人挽着马辔不放。姑娘急了，和他争吵起来。当争吵时，鸡已叫了第一遍了。姑娘一惊，急急要走。但头人仍死死拉着马辔不放，两人就在屋前草地上纠缠着转圈子。头人一边喘着气，一边愤怒地骂他女儿说："你疯了，你安心不要你姐姐有嫁妆？你安心使你爸爸没人当差，没人放牛羊、做庄稼？你疯了！……"

姑娘心急万分，正和头人挣扎时，鸡叫了第二次了。

姑娘心一急，向马使劲一鞭，马腾到半空中，才把头人摔在地下。但她刚刚走到沟中第一家，鸡已经叫到第三次，天也慢慢亮了。因此得到神的吩咐的只有几户人家。

姑娘看见天一亮，知道一切已经迟了，她急忙挽转马向家里赶。

走拢家时，只见爸爸妈妈两个老人围着已经死去的少年在哭，妈妈正合着两手，口里不断念着"嘛哩"。

姑娘晓得一切都无效了，就伏在她心爱的少年的尸身上痛哭，口里喃喃地埋怨自己的父亲，也埋怨自己。

两个老人把少年的尸身抬去埋在半山一个悬崖上。姑娘每日黄昏都要跑到少年坟上去哭，口里反复数着她曾做错了的事。一天她在坟前忽然变成了一块石头，从此再也听不见她的哭声了。

这石头直到现在还在，它坚强地勇敢地在那悬崖上兀立着。远远望去，恰像一个向远方祈求着什么的披发少女，她永远无休止地在那里祈求着。

7. Das Brokatmuster

(Zhuang-Nationalität)

In alten Zeiten lag am Fuß eines Berges ein Stück ausgebreitetes, flaches Land. Auf diesem Stück Land standen einige Strohhütten, in denen eine alte Frau und ihre Familie wohnten. Der Mann war früh verstorben und hinterließ seiner Frau drei Söhne. Der älteste Sohn hieß Lemo, der zweitälteste Ledui'e und der jüngste Sohn hieß Lere.

Die alte Frau konnte sehr gut Brokatstoffe weben. Die Blumen, die Gräser, die Vögel und die Tiere, die sie als Muster in die Stoffe hineinwebte, übertrafen die Wirklichkeit an Lebendigkeit und Schönheit. Viele Leute kauften gerne diese Brokatstoffe, um Kleidung, Bettdecken und Betttücher daraus zu machen. Die vier Mitglieder der Familie lebten von der Handarbeit der alten Frau.

Eines Tages ging die alte Frau zum Markt, um Brokatstoffe zu verkaufen. Bei der Rückkehr sah sie in einem Laden ein sehr schönes, fünffarbiges Bild, das eine Dorflandschaft darstellte: hohe Häuser, schöne Gärten, breite Felder, Obstgärten, Gemüsegärten und Fischteiche, eine Menge von

Rindern, Schafen, Hähnen und Enten. Das Bild gefiel ihr sehr. Eigentlich wollte sie mit dem Erlös für ihre Stoffe Reis kaufen. Da ihr aber das Bild über alle Maßen gefiel, kaufte sie weniger Reis. Mit dem übrigen Geld erwarb sie das Bild und brachte es mit nach Hause.

Auf dem Heimweg setzte sich die alte Frau immer wieder nieder, öffnete das Bild und betrachtete es genau. Sie murmelte vor sich hin: „Wenn ich doch in diesem Dorf wohnen könnte!"

Daheim zeigte sie den Söhnen das Bild, und ihnen gefiel es ebenso gut wie ihrer Mutter.

Die alte Frau sagte zu dem ältesten Sohn: „Lemo, wenn wir doch in einem solchen Dorf wohnen könnten!"

Lemo verzog den Mund und erwiderte: „Mutter, das ist nichts als ein Traum!"

Darauf sagte die alte Frau zu ihrem zweitältesten Sohn: „Ledui'e, wenn wir doch in einem solchen Dorf wohnen könnten!"

Auch Ledui'e verzog den Mund: „Mutter, das ist nur ein Bild, nichts Wirkliches."

Die alte Frau runzelte die Stirn, wandte sich dem jüngsten Sohn zu und sprach: „Lere, wenn ich nicht in einem solchen Dorf wohnen kann, werde ich eines Tages den Verstand verlieren.“ Sie seufzte.

Lere überlegte und tröstete die Mutter: „Mutter, du kannst meisterhaft Brokat weben, die Dinge auf deinen Stoffen sind alle lebendig. Webe dieses Bild in Stoff, dann hast du den Anblick zu jeder Zeit vor dir und wirst das Gefühl haben, dass du in diesem Dorf lebst.“

Die alte Frau überlegte eine Weile und sagte dann: „Du hast recht, so werde ich es machen, sonst sterbe ich.“

Die alte Frau kaufte Seidenfäden in fünf Farben, brachte den Webstuhl in Ordnung und webte an dem Bild.

Tage und Monate vergingen.

Lemo und Leduie waren nicht zufrieden. Oft schoben sie die Hände der Mutter vom Webstuhl weg und sagten: „Mutter, du webst und webst und verkaufst keinen Stoff mehr. Wir dagegen müssen schwer arbeiten, weil wir Holz schlagen und es gegen Reis eintauschen müssen.“

Lere redete seinen älteren Brüdern gut zu: „Lasst Mutter weben, sonst werden wir sie ganz verlieren. Wenn ihr zu müde seid, gehe ich alleine Holz schlagen.“

Seitdem ging Lere täglich in die Berge, um Holz

zu schlagen, und sorgte für den Lebensunterhalt der Familie.

Die alte Frau webte Tag und Nacht. Jede Nacht entzündete sie Kienspan aus Kiefernholz, um Licht zu haben. Aber der Rauch war stark und drang in die Augen, so dass die alte Frau immer weniger sehen konnte, doch sie hörte nicht auf. Nach einem Jahr fielen die Tränen der alten Frau auf den Brokatstoff, die alte Frau webte darauf klare Bäche und Fischteiche. Nach zwei Jahren tropfte Blut aus den Augen der alten Frau auf den Stoff, die alte Frau webte darauf die rote Sonne und die schönen Blumen.

Die alte Frau webte und webte. Drei Jahre vergingen, bis der Stoff fertig war.

Wie schön dieser Brokat war!

Eine Reihe von hohen Häusern mit blauen Dachziegeln, grauen Wänden, roten Säulen und gelben Türen. Vor den Türen lag ein großer Blumengarten, in dem die schönsten Blumen blühten. Im Garten gab es Fischteiche, in denen goldene Fische die Schwänze bewegten. Links von den Häusern war ein Obstgarten, auf den Obstbäumen mit herrlichen roten Früchten ließen sich unterschiedliche Vögel nieder. Rechts von den Häusern war ein Gemüsegarten voller grünsaftiger Gemüsearten und gelber Kürbisse zu sehen. Hinter den Häusern breitete sich Grasland aus, auf dem Ställe für Rinder, Schafe, Hähne und Enten errichtet waren. Die Rinder und Schafe fraßen fette Gräser auf der Weide, und die Hähne und die Enten labten sich an kleinen Insekten. Unterhalb eines Berges erstreckten sich in der Nähe der Häuser breite Felder, auf denen Reis und Mais üppig wuchsen. Ein klarer Fluss plätscherte am Rand des Dorfes, das die rote Sonne herrlich beschien.

„Wie schön dieser Brokatstoff ist!" lobten die drei Söhne.

Die alte Frau richtete den Körper auf, rieb die roten Augen und lächelte.

Aber plötzlich kam ein gewaltiger Wind von Westen auf, der den Brokat von der Wand riss und hoch in die Luft wirbelte. Immer weiter trug der Wind den Stoff in Richtung Osten davon.

Die alte Frau rannte hinterher und rief zum Himmel, aber der Brokatstoff war schon bald nicht mehr zu sehen.

Vor der Tür ihrer Hütte fiel die alte Frau in Ohnmacht.

Die drei Söhne brachten die Mutter ins Haus,

legten sie auf ihr Bett und flößten ihr eine Schüssel Ingwersuppe ein. Langsam kam die alte Frau zu sich. Sie sagte zu ihrem ältesten Sohn: „Geh nach Osten und bring den Brokatstoff zurück, er bedeutet mir mehr als mein Leben.“

Lemo nickte, zog die Strohsandalen an und machte sich in Richtung Osten auf den Weg. Nach einem Monat erreichte er den Pass eines hohen Berges.

Am Pass des Berges stand eine Hütte aus Steinen, neben der ein großes Steinpferd angebunden war. Das Steinpferd machte den Mund weit auf und verlangte nach den roten Früchten des Pflaumen Baumes. Vor der Steinhütte saß eine weißhaarige alte Frau. Sie sah Lemo kommen und fragte ihn: „Mein Kind, wohin gehst du?“

Lemo antwortete: „Ich gehe einen Brokatstoff suchen. Meine Mutter hat drei Jahre daran gearbeitet, er ist aber vom Wind nach Osten davongetrieben worden.“

Die weißhaarige alte Frau sagte: „Den Brokatstoff haben die Feen des Sonnenberges im Osten geraubt. Sie wollen den Brokatstoff als Muster haben. Aber sie zu erreichen ist sehr schwer. Zuerst musst du dir zwei Zähne ausschlagen und sie in den Mund des Steinpferdes stecken. Wenn das Steinpferd Zähne hat, kann es die Früchte des Pflaumen-Baumes essen. Wenn es zehn Früchte gegessen hat, wird es dich zum Sonnenberg tragen. Unterwegs kommst du am Feuerberg vorbei. Wenn das Steinpferd ins Feuer springt, musst du die Schmerzen ertragen und darfst nicht schreien. Wenn du nur einen einzigen Schrei ausstößt, wirst du zu Asche verbrennen. Hinter dem Feuerberg liegt das große Meer. Stürmische Wellen mit gewaltigen Eisblöcken kommen dir entgegen. Du darfst nicht zittern. Wenn du einmal zitterst, werden die Wellen dich verschlingen. Hinter dem Meer erhebt sich der Sonnenberg. Dort kannst du bei den Feen den Brokatstoff zurückholen."

Lemo griff an seine Zähne, dachte an das Feuer und die Wellen und erbleichte.

Die weißhaarige alte Frau sah ihn an und sagte lächelnd: „Mein Kind, du kannst die Leiden nicht überstehen. Kehre um. Ich schenke dir einen Beutel voller Gold, damit kannst du zu Hause ein glückliches Leben führen."

Die weißhaarige alte Frau holte aus der Steinhütte einen Beutel voller Gold und gab ihn Lemo. Lemo nahm den Beutel, drehte sich um und ging davon.

Unterwegs dachte er: „Mit diesem Gold kann ich sehr gut leben. Aber ich gehe nicht nach Hause, am besten behalte ich allein das Gold.“ So beschloss er, nicht heimzukehren, sondern blieb in einer großen Stadt, die am Weg lag.

Die Mutter lag schwerkrank im Bett und wartete zwei volle Monate, aber Lemo kam noch immer nicht zurück. Da rief sie den zweitältesten Sohn zu sich und sprach: „Ledui'e, geh nach Osten und suche den Brokatstoff, er bedeutet mir mehr als mein Leben.“

Ledui'e nickte, zog die Strohsandalen an und wanderte nach Osten. Nach einem Monat kam auch er zu dem Bergpass und sah die weißhaarige alte Frau vor der Steinhütte sitzen. Die alte Frau sagte ihm alles, was sie auch Lemo gesagt hatte. Ledui'e griff sich an seine Zähne, dachte an das Feuer und die Wellen und erbleichte.

Die weißhaarige alte Frau schenkte ihm einen Beutel voll Gold. Er nahm den Beutel und beschloss, nicht mehr nach Hause zurückkehren, sondern in jener Stadt zu bleiben, in die auch sein Bruder gezogen war.

Die Krankheit der Mutter verschlimmerte sich

von Tag zu Tag. Wieder wartete sie zwei Monate lang und weinte täglich. Mit ihren vom langen Weben geschwächten Augen konnte sie, da sie täglich weinte, bald nicht mehr sehen. Schließlich erblindete sie gänzlich.

Eines Tages sagte Lere zu seiner Mutter: „Mutter, meine Brüder sind noch immer nicht zurückgekommen. Bestimmt sind sie auf dem Weg in Schwierigkeiten geraten. Lass mich ausziehen. Ich werde bestimmt den Brokatstoff finden."

Die Mutter überlegte eine Weile und antwortete dann: „Lere, du kannst gehen. Pass gut auf dem Weg auf dich auf! Die Nachbarn werden sich um mich kümmern!"

Lere zog die Strohsandalen an, raffte allen Mut zusammen und machte sich auf den Weg nach Osten. Schon nach einem halben Monat erreichte er den Bergpass. Er sah die weißhaarige alte Frau vor der Steinhütte.

Die alte Frau beschrieb auch ihm die Gefahren der Weiterreise und redete auf ihn ein: „Mein Kind, deine beiden älteren Brüder sind jeder mit einem Beutel voller Gold umgekehrt. Nimm auch du einen Beutel von mir zum Geschenk und mach dich auf den Rückweg."

Lere aber antwortete: „Nein, ich will den Brokatstoff meiner Mutter bringen." Er hob vom Weg einen Stein auf und schlug sich zwei Zähne aus. Dann schob er die Zähne in den Mund des Steinpferdes. Das Steinpferd bewegte sich und begann die Früchte des Pflaumen-Baumes zu essen. Als es zehn Früchte gegessen hatte, sprang Lere auf den Rücken des Pferdes, hielt sich an der Mähne fest, drückte dem Tier die Füße in die Flanken, das Pferd hob den Kopf, ließ ein lautes Wiehern hören und galoppierte in Richtung Osten davon.

Lere ritt drei Tage und drei Nächte und kam zum Feuerberg. Die roten Flammen schlugen dem Pferd und Lere entgegen. Lere biss die Zähne zusammen und hielt die Schmerzen aus. Keinen Laut gab er von sich. Nach einem halben Tag hatten sie den Berg hinter sich und ritten, ohne zu verweilen, in das gewaltige Meer hinaus. Die stürmischen Wellen, auf denen unzählige scharfkantige Eisblöcke schwammen, brandeten ihnen entgegen. Lere saß auf dem Pferd, presste die Lippen aufeinander, und obwohl er unter der Kälte und den Wunden, die das Eis in seine Haut riss, unsagbar litt, entrang sich ihm kein Seufzer. Nach einem halben Tag ereichten sie das andere Ufer und standen am Sonnenberg.

Im Glanz der Sonne sah Lere auf dem Gipfel des Berges ein sehr hohes und prunkvolles Haus, Gesang und Gelächter von Frauen waren zu hören.

Lere ritt vor das Tor. Er sprang vom Pferd, durchschritt das prächtige Portal und sah die Feen in der Halle sitzen und an einem großen Brokatstoff weben. Der Brokat der Mutter lag in der Mitte, und die Feen webten das Muster nach.

Die Feen waren sehr erschrocken, als sie Lere erblickten. Lere erzählte ihnen, warum er hergekommen sei. Nachdem er seinen Bericht beendet hatte, sagte eine der Feen: „Gut, wir werden heute Nacht fertig und geben dir den Stoff morgen, wenn es tagt, zurück. Warte bis dahin, und bleib die Nacht über bei uns."

Lere war einverstanden. Die Feen brachten ihm köstliche Früchte, die ihn nach den Qualen, die er ausgestanden hatte, wunderbar erquickten.

Lähmende Müdigkeit befiel ihn und er schlief auf der Stelle ein.

In der Nacht hängten die Feen an die Decke der Halle eine hell schimmernde Perle, so dass das ganze Haus erleuchtet war und sie weiter weben konnten.

Eine der Feen, die ein rotes Gewand trug, war die geschickteste von allen. Als sie fertig war und ihr Webmuster mit dem der alten Frau verglich, fand sie, dass der Brokatstoff der alten Frau noch besser als ihr eigener war: Die Sonne war glühender, die Fischteiche klarer, die Blumen frischer und die Rinder und Schafe lebendiger.

Die Fee mit dem roten Gewand flüsterte vor sich hin: „Wenn ich doch in diesem Dorf leben könnte!“ Da die anderen noch nicht mit ihrer Arbeit fertig waren, nahm sie Seidenfäden und stickte auf den Stoff der alten Frau ihr eigenes Bild hinzu; sie stand am Fischteich und bewunderte die roten Blumen.

Als Lere erwachte, war Mitternacht schon vorüber. Die Feen waren schlafen gegangen. Unter dem Licht der Perle sah er, dass der Brokatstoff seiner Mutter noch auf dem Tisch lag. Lere dachte: „Wenn sie mir morgen den Stoff nicht zurückgeben, was soll ich dann tun? Die Mutter ist schon so lange krank, am besten, ich mache mich gleich jetzt mit dem Brokatstoff auf den Heimweg.“

Lere stand auf, nahm den Stoff und verließ das Haus auf dem Sonnenberg. Er bestieg das Steinpferd und ritt davon.

Er ritt durch das große Meer, überwand den Feuerberg und gelangte wieder zum Bergpass.

Die weißhaarige alte Frau stand vor der Steinhütte und sagte lächelnd: „Mein Kind, steig vom Pferd!“ Sie zog die zwei Zähne aus dem Maul des Pferdes und schob sie Lere in den Mund. Das Steinpferd blieb wie ehedem unbewegt unter dem Pflaumen-Baum stehen.

Dann holte sie ein Paar Hirschlederschuhe aus der Hütte und überreichte sie Lere: „Mein Kind, zieh diese Hirschlederschuhe an und eile nach Hause, deine Mutter ist todkrank.“

Lere zog die Hirschlederschuhe an, stieß sich mit beiden Füßen vom Boden ab und war im nächsten Augenblick zuhause. Die Mutter lag im Bett, sah bleich und mager aus und schien auf den Tod zu warten.

Lere ging zum Bett und rief: „Mutter!“ Dann nahm er von seiner Brust den Brokatstoff und breitete ihn vor der Mutter aus. Auf einmal konnte die alte Frau wieder sehen. Sie stand vom Bett auf und besah lächelnd den Brokatstoff, an dem sie drei Jahre gearbeitet hatte. Dann sagte sie: „Mein Sohn, hier drin ist es zu dunkel, bringen wir den Stoff nach draußen und legen ihn unter die Sonne.“

Die alte Frau ging vor die Hütte und breitete den Brokatstoff aus. Ein duftiger Wind wehte durch das Tal, und der Brokatstoff wurde größer und größer und dehnte sich immer weiteraus. Nach wenigen Minuten bedeckte er schon einige Meilen breit Boden.

Die alten Strohhütten verschwanden. Ihren Platz nahmen auf einmal hohe und prächtige Häuser ein, ringsum erstreckten sich Blumen-, Obst- und Gemüsegärten, breite Felder und Wiesen, auf denen Rinder und Schafe weideten. Die alte Frau und Lere standen plötzlich inmitten der Landschaft, die die alte Frau gewebt hatte.

Da entdeckte die alte Frau ein Mädchen in roter Kleidung, das am Fischteich stand und sich die Blumen besah. Die alte Frau ging zu ihr hinüber und fragte sie, wer sie sei. Das Mädchen antwortete: „Ich bin eine der Feen, und weil ich mein Bild in den Brokatstoff hineingestickt habe, wurde ich hierher gebracht."

Die alte Frau lud die Fee ein, mit ihr in dem neuen Haus zu wohnen.

Später heiratete Lere die Fee und führte mit ihr ein glückliches Leben.

Die alte Frau lud auch die armen Nachbarn,

die sich um sie gekümmert hatten, als sie krank war, ein, in dem neuen Dorf zu leben.

Eines Tages kamen zwei Bettler ins Dorf. Es waren Lemo und Ledui'e. Sie hatten mit dem Gold der weißhaarigen alten Frau in der Stadt gelebt, waren verschwenderisch gewesen und bald darauf verarmt, so dass sie sich als Bettler durchschlagen mussten.

Als sie das schöne Dorf erreichten und ihre Mutter, Lere und seine Frau glücklich im Blumengarten singen sahen, dachten sie an die Vergangenheit und schämten sich so sehr, dass sie das Dorf nicht betraten, sondern auf ihre Bettelstöcke gestützt davonzogen.

7. 一幅壮锦*

（壮族）

古时候，大山脚下有一块平地，平地上有几间茅屋，茅屋里住有一位妲布**，她的丈夫死去了，剩下三个孩子。大孩子叫勒墨，第二叫勒堆厄，最小的叫勒惹。

妲布织得一手好壮锦，锦上织起的花草鸟兽，活生生的，赛过真的一般。人家都买她的壮锦来做背带心、被窝面和床毡子。一家四口，就靠妲布的一双手来过日子。

有一天，妲布拿起几幅壮锦到圩上去卖。她在一家店铺里看见一张五彩的画，画得很好。画上面有高大的房屋、好看的花园和大片的田地；又有果园、菜园和鱼塘；又有成群的牛羊鸡鸭。她看了又看，心头乐滋滋的。本来卖锦的钱打算全都买米的，可是因为爱这张画，就少买了一点米，把这张画买了回家。

在回家的路上，妲布几次坐在路边打开画来看，她自言自语地说："我能生活在这么一个村庄里就好了。"

回到家，她把图画打开给儿子们看，儿子们也看得笑嘻嘻的。

妲布对大儿子说："勒墨，我们最好住在这么一个

---

* 壮锦：壮族女子的锦织得很好，叫做"壮锦"。

** 妲布：壮语，老妇人。

村庄里啊！”

勒墨撇撇嘴说：“阿咪*，这不过是梦想罢了！”

妲布对第二个儿子说：“勒堆厄，我们住在这么一个村庄里才好啊！”

勒堆厄也撇撇嘴说：“阿咪，等下一辈子吧！”

妲布皱着眉头对小儿子说：“勒惹，我不能住在这样一个村庄里，我会闷死的。”说完，长长叹了一口气。

勒惹想了一想，安慰妈说：“阿咪，你的锦织得很好，锦上的东西活生生的。你最好把这张图画织在锦上，你看着看着，就和住在美丽的村庄里一样了。”

妲布想了一会儿，啧啧嘴说：“你说的话很对，我就这样做吧！不然我会闷死的。”

妲布买来五彩丝线，摆正布机，依照图画织起来。

织了一天又一天，织了一月又一月。

勒墨和勒堆厄很不满意妈这样做，他们常拉开妈的手说：“阿咪，你尽织不卖，专靠我们砍柴换米吃，我们太辛苦了！”

勒惹对大哥二哥说：“让阿咪织吧，妈不织会闷死的。你们嫌砍柴辛苦，由我一个人去砍好了。”

于是一家人的生活，就由勒惹不分日夜地上山砍柴来维持。

妲布也不分日夜地织锦。晚上用油松燃烧起来照亮，油松的烟很大，把妲布的眼睛也熏坏了，可是妲布

---

* 阿咪：即妈妈。

还是不肯歇手。一年以后，妲布的眼泪滴在锦上，她就在眼泪上织起了清清的小河，织起了圆圆的鱼塘。两年以后，妲布的眼血滴在锦上，她就在眼血上织起了红红的太阳，织起了鲜艳的花朵。

织呀织的，一直织了三年，这幅大壮锦才织成功。

这幅壮锦真美丽呀！

一片高大的房子，蓝的瓦，青的墙，红的柱子，黄的大门。门前是一座大花园，开着鲜艳的花朵。花园里有鱼塘，金鱼在塘里摆着尾巴。房子左边是一座果园，结满了红红的果子的果树上，落着各种各样的飞鸟。房子右边是一座菜园，园里满是青青的菜，黄黄的瓜。房子后面是一大片草地。草地上有牛羊棚，鸡鸭笼。牛羊在草地上吃草，鸡鸭在草地上吃虫。离房子不远的山脚下，有一大片田地，田地里满是金黄的玉米和稻谷。清清的河水在村前流过，红红的太阳从天空照下来。

"啧啧，这幅壮锦真美丽啊！"三个孩子赞叹着。

妲布伸一伸腰，擦着红红的眼睛，咧开嘴巴笑了，笑得咕咕响。

忽然，一阵大风从西方刮过来，"劈卜"一声，把这幅壮锦卷出大门，卷上天空，一直朝东方飞去了。

妲布赶忙追了出去，摇摆着双手，仰着头大喊大叫。啊呀！转个眼壮锦不见了。

妲布昏倒在大门外。

三兄弟把妈扶回来，睡在床上。灌了一碗姜汤，妈慢慢醒过来。她对大儿子说："勒墨，你去东方把壮锦寻回来，它是阿咪的命根啊！”

勒墨点点头，穿起草鞋，向东方走去，走了一个月，到了大山隘口。

大山隘口有一间石头砌的屋子，屋子右边有一匹大石马。石马张开嘴巴，想吃身边一串红红的杨梅果。屋门口坐着一个白发老奶奶，她看见勒墨走过就问他：“孩子，你去哪里呀？”

勒墨说：“我去寻一幅壮锦，是我妈织了三年的东西，被大风刮往东方去了。”

老奶奶说：“壮锦是东方太阳山的一群仙女借去了。她们见你妈的壮锦织得好，要拿去做样子。到她们那里可不容易哩！先要把你的牙齿敲落两颗，放进我这大石马的嘴巴里。大石马有了牙齿，才会活动，才会吃身边的杨梅果。它吃了十颗杨梅果，你跨到它的背上，它就驮你去太阳山。在路途中要经过熊熊大火的发火山，石马钻往火里过，你得咬紧牙根忍耐，不能喊痛。只要喊一声，你就会烧成火炭。越过了发火山，就到汪洋大海。海里风浪很大，挟着冰块向你冲过来。你得咬紧牙根忍耐，不能打冷战。只要打一个冷战，浪头就把你埋下海底。渡过汪洋大海，就可以到太阳山，问仙女要回你妈的壮锦了。”

勒墨摸摸自己的牙齿，想想大火烧身，想想海浪冲击，他脸刷地青起来。

老奶奶望望他的脸，笑笑地说：“孩子，你经受不起苦难的，不要去吧！我送你一盒金子，你回家好好过生活吧！”

老奶奶在石屋里拿出一小铁盒金子交给勒墨，勒墨接过小铁盒回身走了。

勒墨一路走回家，一路想：“有这一小盒金子，我的生活好过了。可不能拿回家呀，四个人享用哪有一个人享用那么舒服呢？”想着想着，他就决定不回家了，向一个大城市走去。

妲布病得瘦瘦的，躺在床上等了两个月，不见勒墨转回家。她对第二个儿子说：“勒堆厄，你去东方寻回壮锦吧。那幅壮锦是阿咪的命根啊！”

勒堆厄点点头，穿起草鞋，向东方走去。走了一个月，到了大山隘口，又遇着老奶奶坐在石屋门口。老奶奶又照样对他说了一番话，勒堆厄摸摸牙齿，想想大火烧身，想想海浪冲击，他脸孔刷地青了。

老奶奶交给他一小铁盒的金子。他拿着小铁盒，也和大哥的想法一样，不肯回家，向着大城市走去。

妲布病在床上，又等了两个月，身体瘦得像一根干柴棒。她天天望着门外哭。原来她的眼睛就不好，加上天天哭，就哭瞎了，看不见东西了。

有一天，勒惹对妈说：“阿咪啊，大哥二哥不见回来，大约在路途上遇到了什么不好的事情。我去吧，我一定要把壮锦寻回来。”

妲布想了一想，说：“勒惹你去吧，一路上留心自己的身体啊！附近的邻居会照顾我的。”

勒惹穿起草鞋，挺起胸脯，大踏步向东方走去。走了半个月就到大山隘口，在这里又遇见老奶奶坐在石屋面前。

老奶奶照样对他说了一番话，接着说："孩子，你大哥二哥都拿了一小盒金子回去了，你也拿一盒回去吧！"

勒惹拍着胸脯说："不，我要去拿回壮锦！"说着，他就在路上拾起一块石头，敲下自己两颗牙齿，把牙齿放在大石马嘴里。大石马活动起来，伸嘴就吃杨梅果。勒惹看它吃了十颗，即刻跳上马背，抓住马鬃毛，两腿一夹，石马仰起头长嘶一声，飞似地向东方跑去。

跑了三天三夜到了发火山。红红的火焰向人马扑过来，火烧得皮肤嗞嗞地响。勒惹伏在马背上，咬紧牙根忍受着。约摸半天才越过发火山，跳进汪洋大海里。海浪挟着大冰块冲击过来，打得又冷又痛。勒惹伏在马背上，咬紧牙根忍受着。半天工夫，跑到了对岸，这里就是太阳山了。太阳暖暖和和地照在勒惹的身上，好舒服啊！

太阳山顶上有一座金碧辉煌的大房子，里面飘出女子的歌唱声和欢笑声。

勒惹把两腿一夹，石马四脚腾空跃起，转眼到了大房子的门口。勒惹跳下马来，朝大门走进去，看见一大群美丽的仙女围在厅堂里织锦。阿咪的壮锦摆在中间，大家照着它来学织。

她们一见勒惹闯进来，吃了一惊。勒惹把来意说明了，一个仙女说："好，我们今天晚上就可以织完了，明天早上还给你。请你在这等一晚吧。”

勒惹答应了。仙女拿了许多仙果给他吃，仙果味道多好啊！

勒惹身体很疲倦，靠在椅子上呼呼睡着了。

夜里，仙女们在厅堂中挂起一颗夜光珠，厅堂照得明明亮亮的，她们连夜织锦。

有一个穿红衣的仙女，手脚最伶俐，她一个人先织完了，把自己织的和妲布织的一比，觉得妲布织的好的多了：太阳红耀耀的，鱼塘清溜溜的，花朵嫩鲜鲜的，牛羊活伶伶的。

红衣仙女自言自语地说："我要是能够在这幅壮锦上生活就好了。"她看见别人还没有织完，就顺手拿起丝线在妲布的壮锦上绣上自己的像，站在鱼塘边，看着鲜红的花朵。

勒惹一觉醒来，已经深夜，仙女们都回房睡觉了。在明亮的珠光下，他看见阿咪的壮锦还摆在桌子上，他想："明天她们要是不把壮锦给我，怎么办呢？阿咪病在床上很久了，不能再拖延了啊！我还是拿起壮锦连夜走吧。"

勒惹站起来，拿起阿咪的壮锦，折叠起来，藏在怀里。他走出大门，跨上马背，两腿一夹，石马趁着月光，飞快地跑了。

勒惹咬紧牙根，伏在马背上，渡过了汪洋大海，翻过了发火高山，很快又到了大山隘口。

老奶奶站在石屋前笑哈哈地说："孩子，下马吧！"

勒惹跳下马来，老奶奶在马嘴里扯下牙齿，安进勒惹的嘴里。石马又站在杨梅树边不动了。

老奶奶在石屋里拿出一双鹿皮鞋，交给勒惹说："孩子，穿起鹿皮鞋快回去吧，阿咪快要死了！"

勒惹穿起鹿皮鞋，两脚一蹬，转个眼就到了家。他看见阿咪睡在床上，瘦得像一根干柴，有气无力地哼着，真快要死了。

勒惹走到床前，喊了一声"阿咪"，就从怀里掏出壮锦，在阿咪面前一展，光彩耀眼，阿咪的眼睛亮了。她一骨碌爬起来，笑眯眯地看着她亲手织了三年的壮锦。她说："孩子，茅屋里黑墨墨的，我们拿到大门外太阳光下看吧。"

妲布走到门外，把壮锦展开铺在地上。一阵香风吹来，壮锦慢慢地伸展，伸展，不大的工夫把几里宽的平地都铺满了。

妲布原来住的茅屋不见了，只见几间金碧辉煌的大房子，周围是花园、果园、菜园、田地、牛羊，像锦上织的一模一样。妲布和勒惹就站在大房子门前。

忽然，妲布看见花园的鱼塘边有个红衣姑娘在那里看花。妲布急忙走过去问，姑娘说，她是仙女，因为绣像在壮锦上面就被带来了。

妲布把仙女邀进屋里，共同住下。

勒惹和这个美丽的姑娘结婚，过着幸福的生活。

妲布又邀附近的穷人也来这个村庄上住，因为她在病中得到他们的照顾。

有一天，村旁来了两个叫化子，他们就是勒墨和勒堆厄。他们得了老奶奶的金子跑到城里居住，大吃大喝。不久，金子用完了，只得做叫化子讨乞过活。

他们来到这个美丽的村庄，看见阿咪和勒惹夫妻在花园里快快乐乐地唱歌。他们想起过去的事情，没脸进去，拖起讨乞杖跑了。

8. Der Sohn, den der Fluss brachte

(Yi-Nationalität)

Es war einmal ein Kaiser, dem lag es nicht am Herzen, die Geschäfte des Reiches zu erledigen und sich um das Leben seiner Landsleute zu sorgen. Er interessierte sich nur für die Jagd. Dabei wurde jedes Mal das Getreide willkürlich zerstört und wurden sogar die Schafe der Bauern und Hirten erschossen.

Eines Tages ging der Kaiser wieder auf die Jagd. Ihm folgte sein Gefolge auf Pferden. Aus der Ferne kam plötzlich ein Rothirsch, der vor dem Kaiser hielt, sich dann wieder umdrehte und davonlief. Der Kaiser verfolgte, ohne auf seine Gefolge zu achten, allein diesen Rothirsch. Er ritt über zahlreiche Gebirge. Schließlich erreichte er einen großen Wald, in dem der Rothirsch plötzlich verschwand. Da war auch die Sonne schon untergegangen, der Weg nicht leicht zu erkennen, und der Kaiser hatte große Angst, von Tigern oder Leoparden gefressen zu werden. Eilig wie eine fliehende Katze lief der Kaiser hin und her und suchte nach dem Weg. Endlich fand er ein Haus, in dem ein Köhler mit seiner Familie lebte. „Ich bin der Kaiser, bringe mich sofort zum kaiserlichen

Palast!" sagte der Kaiser zu dem alten Mann. Ängstlich und vorsichtig erwiderte dieser: „Heute Abend wird meine Schwiegertochter ein Baby zur Welt bringen. Bitte übernachten Sie bei uns. Morgen werde ich Sie zum Palast begleiten."

Der Kaiser wurde im oberen Stockwerk untergebracht. Mitten in der Nacht gebar die Schwiegertochter ein Kind, dessen Weinen so süß war wie das Summen einer Honigbiene. Was unten gesprochen wurde, war nur schwach zu hören. Durch einen Riss in der Diele sah der Kaiser unten einen Mann, der wie ein Unsterblicher aussah. Er hielt eine Kerze in der Hand und sagte: „Der Säugling wird der Schwiegersohn des Kaisers werden und selbst Kaiser sein." Vor Zorn schlich der Kaiser die Treppe hinab und erwürgte die Mutter, die im Bett lag und schlief.

Am folgenden Tag brachte der Alte seiner Schwiegertochter das Frühstück ins Zimmer. Er rief sie an, doch sie rührte sich nicht. Nur das Baby weinte. Fassungslos stellte er fest, dass seine Schwiegertochter tot war, und brach in lautes Weinen aus. In diesem Moment kam der Kaiser die Treppe herab und sagte heuchlerisch: „Weine nicht. Gib mir den Säugling mit in den kaiserlichen Palast. Ich will ihn als mein eigenes Kind betrachten." Der alte Mann bemerkte die böse Absicht des Kaisers nicht und überließ ihm das Kind, weil er dachte, der Kaiser würde sich um es kümmern. Damit war dieser sehr zufrieden und glaubte, er habe sein Ziel erreicht. Zurück im Kaiserpalast, befahl er einem alten Untertan: „Nimm einen eisernen Kasten, packte das Baby hinein und wirf den Kasten in den Fluss. Wenn du es gut erledigst, werde ich dich belohnen. Sonst lasse ich dich töten." Der alte Untertan wagte nicht, sich dem Befehl des Kaisers zu widersetzen. Er tat, wie der Kaiser befohlen hatte.

Der Kasten aber ging glücklicherweise nicht unter, sondern schwamm den Fluss entlang und wurde von einem alten Ehepaar aus dem Wasser gefischt. Im Kasten lag ein schlafendes Kind. Darüber freuten sich der Mann und die Frau sehr, denn sie hatten keine Kinder, obwohl sie schon über sechzig waren. Sie nahmen den Jungen an Kindes Statt an und nannten ihn Tanglai Er – den Sohn, den der Fluss brachte.

Nach siebzehn Jahren war Tanglai Er ein starker, kräftiger und sehr tüchtiger junger Mann geworden. Eines Tages kam der Kaiser während der Jagd am Dorf vorbei, in dem Tanglai Er und seine Eltern lebten. Er hieß den alten Mann Wasser holen für sein durstiges Pferd, und als Tanglai Er einen Eimer Wasser brachte, fragte der Kaiser: „Ist das dein leiblicher Sohn?"

„Nein", antwortete der alte Mann ehrlich. „Meine Frau und ich haben ihn vor siebzehn Jahren aus dem Fluss geholt und ihn wie unseren eigenen Sohn aufgezogen."

Die Antwort erstaunte den Kaiser, der sich unwissend stellte und weiter fragte: „Wieso war der Säugling im Wasser?"

„Ich weiß auch nicht, welch hartherziger Kerl das Kind ins Wasser schmiss, in einem eisernen Kasten. Zum Glück haben wir beim Fischen den Kasten bemerkt", erzählte der alte Mann.

Da fasste der Kaiser einen bösen Plan. Er schrieb einen Brief und hieß ihn Tanglai Er zum kaiserlichen Palast bringen. Im Brief hieß es: „Der Junge ist mein persönlicher Feind. Tötet ihn sofort, wenn ihr den Brief empfangen habt. Nehmt es ernst, nehmt es ernst!"

Tanglai Er wagte nicht, den Wunsch des Kaisers abzulehnen. Er steckte den Brief unter seine Kleider, verabschiedete sich von seinem Vater und machte sich auf den Weg.

Drei Tage waren vergangen, und er hatte die Hauptstadt noch nicht ereicht. Er irrte in einem dunklen Wald umher und war sehr beunruhigt. Plötzlich fiel ihm ein weißer Tempel ins Auge. Er ging näher und erblickte einen rotwangigen alten Mann mit weißem Bart. Der Mann war sehr nett und freundlich. Er gab Tanglai Er zu essen und ließ ihn übernachten. Im Zimmer war es sehr warm. Tanglai Er fühlte sich wie zu Hause und schlief schnell ein.

Mitten in der Nacht nahm der weißbärtige Alte den Brief heimlich aus den Kleidern von Tanglai Er und schrieb: „Der Junge ist mein Wohltäter. Er soll meine Tochter heiraten, wenn ihr den Brief empfangen habt. Nehmt es ernst, nehmt es ernst!“

Tanglai Er erwachte am folgenden Tag unter einem Baum. Der weiße Tempel und der weißbärtige alte Mann waren verschwunden. Er tastete nach dem Brief, der zum Glück noch da war, stand auf und machte sich unverzüglich auf den Weg. Endlich erreichte er die Hauptstadt. Die Kaiserin bekam den Brief, und wie es der Kaiser gewünscht hatte, ließ sie sofort die Hochzeit für Tanglai Er und die Prinzessin ausrichten.

Als der Kaiser von der Jagd zurückkehrte, war

er sehr überrascht. Tanglai Er war nicht tot, sondern sein Schwiegersohn. Wutentbrannt fragte der Kaiser seine Frau. „Ich habe alles nur nach deinem Wunsch getan“, erwiderte die Kaiserin. „Du kannst es in deinem Brief selbst nachlesen, wenn du mir nicht glaubst.“ Der Kaiser wunderte sich über den Inhalt des Briefes. Nur sein Siegel und seine Handschrift waren unverändert. Tanglai Er erzählte ihm von seinem Erlebnis, und da wusste der Kaiser, dass es ein Unsterblicher war, der Tanglai Er geholfen hatte. Dann entstand in seinem Kopf ein neuer böser Plan. „Schwiegersohn“, sprach der Kaiser, „kannst du für mich etwas tun?“ „Sagen Sie mir Ihren Wunsch und ich werde ihn erfüllen“, antwortete Tanglai Er. „Ich will goldene Haare vom Sonnenmädchen. Besorge mir drei davon. Bekommst du sie nicht, brauchst du gar nicht wiederzukommen.“ Tanglai Er verabschiedete sich von seiner Frau und machte sich auf die Suche.

Er kam zu einem kleinen Boot an einem stillen Fluss, und der Fährmann fragte: „Junger Mann, wohin willst du?“

„Ich gehe die Haare des Sonnenmädchens suchen.“

„Wenn du zum Sonnenmädchen kommst, dann

frage es bitte, warum mich niemand ablöst. Schon seit über zwanzig Jahren fahre ich hier das Boot."

„Gut", sagte Tanglai Er, „wenn ich zurückkomme, gebe ich dir Bescheid."

Der Fährmann brachte ihn ans andere Ufer. Tanglai Er ging weiter und kam in eine Stadt. „Junger Mann, wohin gehst du?" fragte ein Bewohner.

„Ich gehe die Haare des Sonnenmädchens suchen."

„Bei uns", sagte der Stadtbewohner, „gibt es einen Obstbaum. Wer von seinen Früchten isst, kann, wenn er alt ist, wieder jung werden. Der Baum hat aber seit mehr als zwanzig Jahren keine Frucht mehr getragen. Frage doch bitte das Sonnenmädchen nach dem Grund."

„Gut", sagte Tanglai Er, „wenn ich zurückkomme, gebe ich dir Bescheid."

Tanglai Er reiste weiter und erreichte eine andere Stadt. Auch dort fragten ihn die Bewohner: „Junger Mann, wohin gehst du?" Und er antwortete wieder: „Ich gehe die Haare des Sonnenmädchens suchen."

„Es gibt", sprachen die Stadtbewohner, „bei uns eine Lebensquelle. Wer daraus trinkt, kann gerettet werden, wenn er im Sterben liegt. Doch seit zwanzig Jahren schon ist die Quelle versiegt. Wenn du zum Sonnenmädchen kommst, dann frage es bitte nach dem Grund."

Tanglai Er versprach es und reiste am folgenden Tag weiter. Nach langer Zeit kam er in einen großen Wald, in dem sich ein Haus befand, das Haus des Sonnenmädchens.

Tanglai Er klopfte an die Tür. Die Mutter des Sonnenmädchens kam heraus. „Ach, Tanglai Er, da bist du ja. Du kommst wegen der Haare meiner Tochter, nicht wahr?"

Tanglai Er nickte und richtete aus, was die Leute ihm unterwegs aufgetragen hatten.

„Verberge dich nach dem Abendessen", sagte die Sonnenmutter. „Meine Tochter soll dich nicht sehen. Sie würde dich aus dem Haus jagen."

Nach dem Abendessen versteckte die Sonnenmutter Tanglai Er in einem großen Holzkasten. Das Sonnenmädchen kam nach Hause. „Mir ist, als ob jemand bei uns wäre. Hast du nichts bemerkt, Mutter?"

„Wie kommst du darauf?" Die Mutter stellte sich unwissend.

Am Abend saß das Mädchen zu den Füßen

ihrer Mutter, sein Kopf ruhte auf ihren Knien. So schlief das Sonnenmädchen ein. Die Mutter zog ihr sacht ein Haar aus. Das Mädchen wachte auf.

„Mutter, warum hast du mich an den Haaren gezogen?"

„Ich habe eben von einem stillen Fluss geträumt, an dem ein Mann schon seit mehr als zwanzig Jahren als Fährmann dient und niemand ihn ablöst."

„Es wird", sprach das Mädchen, „ihn der ablösen, dem er das Ruder in die Hand gibt." Dann schloss es wieder die Augen, und die Mutter zog ihm ein zweites Haar aus.

„Warum weckst du mich schon wieder, Mutter?" fragte das Mädchen.

„Eben habe ich von einem Lebensbaum geträumt, der seit zwanzig Jahren keine Früchte mehr trägt und niemand weiß warum."

„Es wird", antwortete das Mädchen, „alles wieder in Ordnung kommen, wenn man die Schlange tötet, die unter des Baumes Wurzeln ist." Und wieder schloss das Mädchen die Augen, und als es zu schnarchen begann, zog die Mutter ihm ein drittes Haar heraus.

„Warum lässt du mich heute nicht schlafen?"

fragte ein bisschen verärgert das Mädchen. „Ich muss morgen früh aufstehen, Mutter!“

„Entschuldige, mein Kind, aber findest du es nicht merkwürdig, dass ich eben von einer Quelle geträumt habe, die seit zwanzig Jahren kein Wasser mehr gibt?“

„Wenn der goldene Frosch im Quelltopf tot ist, wird wieder Wasser sprudeln“, antwortete das Sonnenmädchen.

Das Gespräch zwischen Mutter und Tochter hörte im Holzbehälter Tanglai Er. Die Sonnenmutter gab ihm am nächsten Morgen, als die Tochter gerade durch das Fenster nach draußen geflogen war, die drei goldenen Haare. Tanglai Er bedankte sich mit herzlichen Worten und machte sich auf den Weg zum Palast zurück.

Er kam zu der Stadt mit der versiegten Lebensquelle und sagte den Bewohnern, sie müssten den Frosch im Quelltopf töten. Als sie das getan hatten, sprudelte tatsächlich klares Wasser aus der Quelle. Aus Dankbarkeit schenkten die Bewohner ihm vierundzwanzig schwarze Pferde und zwanzig Säcke voller Silber. Dann erreichte Tanglai Er die zweite Stadt. Dort töteten die Bewohner die Schlange unter des Baumes Wurzeln, und sofort begann der Lebensbaum zu grünen. Aus Dankbarkeit schenkten die Bewohner Tanglai Er vierundzwanzig weiße Pferde und zwanzig Säcke voller Gold. Endlich kam Tanglai Er zum Fluss und auf die Frage des Fährmanns, ob jemand ihn ablöse, antwortete Tanglai Er: „Bringe mich zuerst über den Fluss. Dann werde ich dir Bescheid geben."

Am anderen Ufer sprach Tanglai Er: „Gib dem nächsten, der den Fluss überquert, das Ruder in die Hand. Dann wird er für dich das Boot weiterfahren."

Tanglai Er kehrte zum kaiserlichen Palast zurück. Die Prinzessin weinte vor Aufregung. Darüber freute sich die Kaiserin. Der Kaiser aber wusste nicht, ob er lachen oder weinen sollte. Tanglai Er erzählte von seinen Erlebnissen. Da wollte der alte Kaiser auch solche Früchte essen und solches Wasser trinken, und er machte sich sogleich auf den Weg. Als der Fährmann ihn über den Fluss setzte, gab er ihm das Ruder in die Hand, und der Kaiser musste, wie das Sonnenmädchen gesagt hatte, ewig das Boot fahren.

8. 淌来儿

（彝族）

从前有个皇帝，不管理国家大事，不关心老百姓的疾苦，天天只晓得打猎。他的马队一出去，就随便践踏老百姓的庄稼，还随便用弩射老百姓的羊群。

有一天，皇帝又出去打猎，马队跟在他的后面。远远地跑来一只马鹿，跑到皇帝的马跟前，趄回头就又往前跑了。皇帝看见喜欢得发癫，也顾不得招呼马队，就独个儿跟着马鹿屁股追。追过了九山十八箐，追过了十岭八匹梁，最后追到一个大树林子里，马鹿忽然不见了。太阳落山了，路也望不见了，他生怕老虎豹子把他拖去吃了，急得像一只逃命的猫，乱摸乱钻。好容易才钻到一家烧炭人的家里，他对烧炭的老头说："我是皇帝，你快快把我送回皇宫里去。"烧炭老头听了战战兢兢地说："啊，我的天！今晚我的媳妇要生孩子了，我走不脱，这里离皇宫又远，你就在这里住一晚，明天我遵命送你去吧。"

皇帝住在烧炭人家的楼上。半夜，老头的媳妇生娃娃了。娃娃"唔娃唔娃"地哭，哭的声音像蜜蜂叫一样，怪好听的。皇帝仿佛听到有人在说话，就趴着楼板缝往下一瞧，又仿佛看见一个仙人在托着蜡烛，看着白白胖胖的娃娃，仙人好像在说："这娃娃将来要作皇帝的女婿，还要当皇帝。"皇帝气得眼睛都眨不下来了，他悄悄地摸下楼来，把老头的媳妇一把扼死在床上。

第二天，烧炭老头端糠饭去给媳妇吃，喊了几声媳妇都不答应，只听见娃娃一个劲地哭着。老头急了，走拢一瞧，原来媳妇已经死了，老人伤心地嚎哭起来。这时皇帝走下楼来，假惺惺地说："别哭，你把娃娃交给我，我把他当亲生儿子，把他带到皇宫里去吧。"老头不知道他的恶意，心想只要把娃娃带得活，就交给他吧。皇帝得了孩子，喜得心痒痒的，以为大计告成了。他一到皇宫，就把一个老臣仆叫来："快去拿口铁箱，把这小东西装起，丢进大河里去。办得好我赏你，办得不好我杀了你。"老臣仆哪敢违令，硬着心肠照皇帝的话做了。

铁箱并不沉底，在河上漂呀漂呀，不知漂了多久，流了多远。后来铁箱漂流到一个渔村前边，打鱼的老两口子把铁箱拉了起来，打开一看，啊！里面躺着一个小孩子，还睡得正香呢。老两口子心里美极了。他们年过六十还没有生过一个娃娃，就把这个小孩当自己生的养起来。因为是顺水淌来的，他们给他取了个名字，叫"淌来儿"。

淌来儿一年年地长大了，长得粗壮结实，很会干活。十七年后的一天，皇帝打猎经过村子，他的马渴了，就叫村子里的人给他提饮马水去。淌来儿送水去，皇帝看见了就顺便问老倌*："这是你的亲生儿子吗？"老倌连忙回答："不是亲生也抵得上亲生的。十七年前我和

---

* 老倌：老头、老大爷。

我老伴在河上捡起他，我们就辛辛苦苦地把他抚养大啦。”皇帝听了心里一惊，表面上又装着满不在乎的样子，继续问道：“怎么从河里捡起来的？”老倌说：“不知是哪家造孽，把娃娃装进铁箱里，幸好可怜的小命儿给我老两口子捡回来了。”

皇帝杀人的心不死，听了老倌的话以后，想的计策就更加狠毒了。他下马来写了封信，要淌来儿送到皇宫里去。那信上说“这青年是我的仇人，接信后，不等我回来，立刻把他杀死。要紧要紧！”

淌来儿听见皇帝叫他送信，知道违抗不得，就把信揣在怀里，去向老倌辞别：“阿爹，皇帝要我送信，我不敢不去。我走了，阿爹不要过分挂牵。”老倌拍着他的肩膀说：“爹不挂牵你，你也不要担忧。你好人路正，不要怕，只管去，记着快去快回。”

淌来儿走了三天三夜了，还没有望见京城的影子。一天，在一个黑树林子里迷了路，正在着急的时候，忽然看见前面有座白庙子。他走进去一看，见一个红光满面的白胡子老倌走出来。老大爷和和气气地招呼他，留他吃饭，留他住宿。淌来儿像回到家里一样，感到屋子里很暖和，就呼噜呼噜地一觉睡下去了。

睡到半夜，白胡子老倌悄悄地摸出了他身上的信，把它改为：“这青年是我的恩人，接信后，不等我回来，立刻和我女儿完婚。要紧要紧！”

第二天，淌来儿醒来，发觉自己是睡在一棵大树下，白庙子和白胡子老人都不见了，摸摸身上，信倒还没有丢失。他赶紧起来，继续往前走。走到京城皇宫了，他把信递给皇后。皇后拆开一看，就急急忙忙给淌来儿和公主举行婚礼。

皇帝打猎回来，看见不但没有把淌来儿杀死，还让他作了自己的女婿，气得横眉鼓眼，就问皇后，皇后说："完全照你的话做的嘛。不信，你的亲笔信还在这里呢。"皇帝抓过来一看，非常奇怪，印也是自己的，字迹也是自己的，只是意思完全变了。他就把淌来儿叫来问，淌来儿把路上遇到白胡子老倌的话说了，还说了白胡子老倌的衣服和容貌。皇帝一听，知道这是早前那个仙人在卫护他。他就对淌来儿说："你是我的好女婿，我有一件事不知你做得到做不到？"淌来儿说："请讲吧，我一定做得到。"皇帝假意微微一笑："我很想要太阳姑娘头上的金发，你快快去给我找三根回来吧。如果做不到，你就不要回来了。"淌来儿听了，和新媳妇告了别，就起身走了。

淌来儿走到一个寂静的河边，那儿只有一只小船，船上只有一个划船人，他问淌来儿说：

"出门人，你要到哪里去？"

"我要去找太阳姑娘头上的金发。"淌来儿回答他。

"你到太阳姑娘那里替我问一问：我在这里划了二十多年船，没有人来替换我，为什么？"

"好嘛，我回来就告诉你。"

划船人把淌来儿划过了河。淌来儿又往前走，走到一座城边，城里的人问他：

"小伙子，你要到哪里去？"

"我要去找太阳姑娘头上的金发。" 淌来儿回答说。

"你到太阳姑娘那里替我们问一问：我们这里有株长生果树，人吃了，老年会变成少年，可是它二十年没有结果了，问问看是什么原因？"

"好嘛，我回来时就告诉你们。"

淌来儿继续向前走，又到了另一座城里，那里的人也照样问他：

"小伙子啊，你要到哪里去？"

"我要去找太阳姑娘头上的金发啊。"淌来儿照样回答了他们。

"你到太阳姑娘那里替我们问一问：我们这里有个活命泉，人死了浇上泉里的水，死人就能活转来，可是它二十年没有出水了，问问看是什么道理？"

"好嘛，我回来的时候一定告诉你们。"

第二天，淌来儿整整行装，继续往前走。他走了很久，最后走到一座大树林里，树林里面有幢房子，这里就是太阳姑娘的家了。

淌来儿走过去敲门，太阳姑娘的妈妈走出门来，她一见淌来儿就问：

"啊，是淌来儿，我知道你要来找我姑娘头上的金发，是不是？"

"是的。"淌来儿笑着点头，并把一路上人家托他问的事情告诉了她。

太阳妈妈告诉他："只是吃了晚饭你就要躲起来，

不要让我的姑娘看见你。她如果看见你，会把你赶出去的。”

淌来儿吃过晚饭，太阳妈妈就把他用木缸藏起来。这时太阳姑娘回来了，一进门就问：“阿妈，好像有人来过，你看见了没有？”

“哪里有什么人来过，你在高高的天上都没有看见，还来问我。”太阳妈妈装做不知道。

晚上，太阳姑娘靠在妈妈的膝头上睡着了。太阳妈妈轻轻地从她头上扯下一根头发。太阳姑娘一下子惊醒了，她问：“阿妈，你为什么扯我的头发？”太阳妈妈说：“我做了一个梦，梦见一条寂静的河边，有个人划了二十多年的船，还没有人去替换。”太阳姑娘说：“只要有人到他那里过渡时，把桨丢给过渡的人，那过渡的人就会代替他划船了。”太阳姑娘说完又睡着了，阿妈又从她的头上扯下第二根头发。太阳姑娘睁开眼睛又问：“阿妈，你怎么又把我弄醒？”太阳妈妈说：“我又做了一个梦，梦见一座城，有一棵长生果树，二十年没有结果了，不知为什么？”太阳姑娘说：“那是因为树根底下有一条蛇，把蛇打死就行了。”说完后，太阳姑娘重新闭上眼睛。等太阳姑娘微微打呼噜了，阿妈又扯下女儿的第三根头发。太阳姑娘很惊醒，一下就醒了，她有点生气了：“阿妈，今晚你为什么不让我好好睡，明天我还要早早出去呀。”阿妈说：“怪得很，我今晚尽做怪梦。我又梦见一座城，有一股活命泉，泉里二十年没有水了，不知为什么？”太阳姑娘告诉阿妈：“泉的出口处有个金黄色的青蛙，把它打死，把泉洞淘一下，水就出来了。”

太阳姑娘和她妈妈谈的话，淌来儿在木缸里听得清清楚楚。第二天早上，等太阳姑娘从窗口飞出去后，太阳妈妈就来开缸。她把三根金发递给淌来儿，问道：“昨天晚上的话你都听见了吗？”淌来儿笑着说：“全都听见了。”他接过三根金发，给太阳妈妈作了揖，高兴地往回走了。

淌来儿走到第一座城边，城里的人早已等着迎接他了。他告诉人们打死泉水出口处的青蛙，淘清泉洞。城里的人照着做后，果然清幽幽的活命水就出来了。大家感激淌来儿，谢了他二十四匹黑马，二十驮白银。到了第二座城边，那里的人也是天天在盼呀盼。淌来儿告诉他们打死树根下的蛇。说也灵验，大家把蛇打死后，长生果树就发绿叶了。城里的人谢了他二十四匹白马，二十驮黄金。最后到了河边，划船人问：“你问了没有？”淌来儿说：“问着了。”划船人急于想知道，忙问：“怎么说？”淌来儿想了一下说：“你划我过去我就告诉你。”

到了对岸，淌来儿对他说：“这次不行了，下次有人来过渡时，你把桨丢给他，他就替你划了。”

回到京城，公主看见他喜欢得哭了；皇帝娘娘也直唠叨：“好女婿，天天念你呀。”只有皇帝哭笑不得，他看见淌来儿带回了黄灿灿的三根金发，还有那么多马匹、金银，心里也暗暗奇怪：他在哪里搞到的呀？皇帝忍不住了，问道：“好女婿，你告诉我，这些东西怎么弄到的？” 淌来儿把出门后的事，从头至尾一一讲了出来。皇帝听了，心想：“我年纪也大了，不如去找点长生果和活命水来吃吃。”他急急忙忙就往外头走，刚走到那条河边，划船人就把桨丢给他，皇帝便永远在那里划船了。

9. Die Zauberflöte

(Bai-Nationalität)

Es war einmal ein Hirtenknabe namens Layue Sheng*, der in einer entlegenen Gebirgsgegend wohnte und jeden Tag einen Zugochsen am Berghang weidete. Er war von Kindheit an gescheit und geschickt, interessierte sich für das Armbrustschießen und spielte ausgezeichnet Flöte. Deswegen wurde er Han Xiangzi** genannt.

Eines Tages trieb er seinen Zugochsen laut rufend zu einem Berghang und ließ ihn frei grasen. Er aber ging zum Bambushain, um sich ein Rohr zu suchen, aus dem er eine Flöte schnitzen konnte. In der Zwischenzeit aber lief sein Zugochse aufs Feld eines Grundherrn. Der schlug ihn tot und peitschte Layue Sheng aus, als der seinen Ochsen suchte. Es blieb Layue Sheng nichts anderes übrig, als seine Wut hinunterzuschlucken und wegzurennen. Der hartherzige Grundherr hetzte ihm zwei

---

* Layue Sheng: der im zwölften Monat nach dem chinesischen traditionellen Mondkalender Geborene – der *Übers.*

** Name eines der Acht Unsterblichen in der chinesischen Legende. Er spielte ausgezeichnet Flöte – der *Übers.*

Hunde nach, und Layue Sheng lief so schnell er konnte von einem Berg zum anderen. Schließlich erreichte er einen großen Berg mit vielen hohen Bäumen. Er kletterte auf einen dieser Bäume und versteckte sich. Die zwei Hunde bellten ein Weilchen und trollten sich dann. Layue Sheng saß auf dem Baum und war über die ungerechte Behandlung ärgerlich und voller Hass. Schließlich brach er in lautes Weinen aus. Plötzlich erschien ein Bübchen und fragte: „Warum weinst du, Layue Sheng?"

„Der Grundherr hat meinen Ochsen getötet. Wie soll ich das meinen Eltern sagen?"

„Ach, weine nicht! Suche lieber den Wunderochsen in den Zauberbergen."

„Was für einen Wunderochsen?"

„In den Zauberbergen gibt es einen Ochsen, der am Tag achttausend und in der Nacht achthundert *Mu** Feld pflügen kann. Wenn du die Zauberflöte findest und sie spielen kannst, wird er kommen. Dies hat mir mein Großvater erzählt. Dieser Wunderochse wäre doch tausendmal besser als deiner!"

Layue Sheng war von diesem Vorschlag begeis-

* Flächeneinheit, 1 *Mu* = 1/ 15 Hektar – der *Übers.*

tert. Er sprang vom Baum und sagte: „Ich kann Flöte spielen. Wo aber finde ich die Zauberflöte?"

„Das weiß ich nicht. Die musst du dir schon selbst suchen!"

Zuhause versank Layue Sheng tief in Gedanken, doch einen Weg zur Flöte fand er nicht. Trotzdem wollte er gleich am folgenden Tag die Flöte suchen gehen. So nahm er sein großes Messer und die Armbrust und ging ins Gebirge. Allein wanderte er zwei Tage lang in den Bergen umher, fand aber nicht die geringste Spur von dieser Flöte.

Am dritten Tag wurde es dunkler und dunkler im Gebirge, die dichten Wälder rauschten finster im Wind, Tigerbrüll erschütterte das Tal. Aus Angst versteckte sich Layue Sheng auf einem großen Baum. Da sah er am gegenüberliegenden Berghang ein buntfarbiges Licht, das immer heller und heller leuchtete und mal hoch oben und mal tief unten erstrahlte. Es sah bald wie eine farbige Brücke, bald wie ein Palast aus. Layue Sheng war erstaunt, dass sich unter dem Lichtstrahl ein Bambushain befand. Seine Zweige schwankten hin und her.

„Was ist das? Wohnen dort die Unsterblichen?" fragte sich Layue Sheng überrascht. „Das muss der

Bambus der Unsterblichen sein“, rief er voller Freude. „Daraus kann ich die Zauberflöte schnitzen.“ Aufgeregt sprang er vom Baum herab, erinnerte sich aber, dass man den Wohnsitz der Unsterblichen nicht in der Nacht betreten darf. Sonst werden die wilden Tiere wach und zerreißen die Menschen. Er versteckte sich wieder im Baum und beobachtete die ganze Nacht das schöne, stets wechselnde Licht.

Am nächsten Morgen, die Hähne hatten dreimal schon gekräht, dämmerte es am östlichen Himmel herauf. In den Wäldern begannen die Vögel zu zwitschern. Er strich übers Messer an seiner Hüfte und brachte die Armbrust auf der Schulter in Ordnung. Dann näherte er sich mutig dem Bambushain. Ungefähr neun oder zehn Meter davor stürzte sich ein Tiger zähnebleckend und prankenschlagend auf ihn. Ängstlich trat Layue Sheng einige Schritte zurück, zog schnell die Armbrust und schoss den Tiger nieder. Doch kaum einen Atemzug später kam ein zweiter Tiger. Den schoss Layue Sheng ins Auge. Der Tiger brüllte vor Schmerz, sprang sechs Meter hoch und fiel vom Felsen ins Tal. Layue Sheng wischte sich den Schweiß aus dem Gesicht. Darauf kam plötzlich

ein dritter Tiger, der so mächtig und so nah war, dass Layue Sheng nicht mehr schießen konnte. Er zog sein Messer und schlug mit ganzer Kraft den Tiger auf den Kopf. Sogleich stürzte der Tiger tot zu Boden.

Layue Sheng schwitzte am ganzen Körper. Er machte eine kurze Pause und betrat dann ungehindert den Bambushain, schnitt zwei Bambusrohre ab und schnitzte sie aufmerksam bis zum Abend. Da erst hatte er eine Flöte angefertigt. Als er auf ihr blies, kamen alle Vögel geflogen und umkreisten seinen Kopf. Er flötete ein zweites Mal, und es kamen Rehe, Rothirsche, Tiger und Leoparden. Die wohlklingende Flötenstimme erfüllte im Abendwind den ganzen Wald; die Vögel zwitscherten und flatterten mit den Flügeln, die wilden Tiere sangen, wiegten dabei den Kopf und wedelten mit dem Schwanz. Nur der Wunderochse kam nicht hervor. Layue Sheng stieg flötend auf den Berggipfel, gefolgt von den wilden Tieren und den Vögeln. Doch der Ochse ließ sich noch immer nicht blicken. Eilig kletterte Layue Sheng auf einen hohen Felsen und blies seine Flöte so kräftig, dass die Töne wie rollende Perlen in allen Ecken widerhallten. Endlich

erschien in weiter Ferne ein riesiger Ochse, der mit wiegendem Kopf und wedelndem Schwanz auf Layue Sheng zukam.

Was war das für ein riesiger Ochse: hoch und groß und fett und stark! Sein Körper war mit glänzendem schwarzen Fell bedeckt. Durch seine Nase ging ein Eisenring. Mit seinen Augen blickte er Layue Sheng gerade so an, als ob er etwas zu sagen hätte. Voller Freude lockerte Layue Sheng seinen grünen Korbgürtel und band ihn am Eisenring fest. Layue Sheng streichelte den Rücken des Ochsen. Da drehte sich dieser um und leckte mit seiner Zunge zärtlich Layue Shengs Hände. Der sprang auf den Rücken des Ochsen, und sie gingen Schritt für Schritt vom Berg herab fröhlich nach Hause.

Layue Shengs Eltern umarmten ihren Sohn aufgeregt und fragten besorgt: „Wo bist du gewesen? Wir fürchteten schon, du wärst von wilden Tieren gefressen worden." Layue Sheng tröstete seine Eltern und erzählte, was sich ereignet hatte. die Eltern streichelten hocherfreut mal den Kopf des Ochsen, dann wieder seine Nase, gerade so, als ob sie einen Schatz bekommen hätten, sie konnten die ganze Nacht nicht schlafen.

Am nächsten Tag trieben Vater und Sohn den Wunderochsen aufs Feld. Er pflügte in kurzer Zeit viele Felder, und bald kehrten Vater und Sohn, den Wunderochsen laut lobend, nach Hause zurück.

Die Nachricht verbreitete sich windschnell im ganzen Dorf und kam auch dem Grundherrn zu Ohren. Habsüchtig wie er war, wollte er diesen Wunderochsen sofort besitzen und zerbrach sich den Kopf darüber, wie er es anstellen könnte. Schließlich fand er in den alten Rechnungsbüchern heraus, dass Layue Shengs Vater ihm fünf Scheffel Reis schuldete, die er sich vor einigen Jahren geliehen hatte.

Mit dem Rechnungsbuch unterm Arm ging der Grundherr zu Layue Shengs Vater und sagte. „Ihr schuldet mir seit einigen Jahren schon fünf Scheffel Reis. Ihr müsst, die Zinsen mitgerechnet, mir einige Zentner Reis zurückbezahlen."

„Gnädiger Herr, wir haben zur Zeit nicht einmal etwas zu essen. Wir zahlen später bestimmt zurück", erwiderte Layue Shengs Vater.

„Du wagst es, die Schulden abzustreiten?"

„Nein, das wage ich nicht, ich bitte nur darum, sie bis zum nächsten Jahr aufzuschieben."

„Ja“, sagte der Grundherr mit geheucheltem Mitleid, „ich verstehe eure Schwierigkeiten. Ich hebe die Schulden auf, wenn ihr mir euren Ochsen gebt.“

„Nein, nein, das geht nicht“, schrie Layue Sheng. „Wir geben den Wunderochsen nicht her, und selbst wenn wir verhungern sollten.“

„Dann bezahlt mir sofort den Reis!“ sagte der hartherzige Grundherr wutentbrannt und nahm den Wunderochsen mit Gewalt mit sich fort. Er ließ eigens einen Stall bauen, in den er den Ochsen einsperrte.

Layue Sheng konnte das nicht ertragen und kletterte in der Nacht auf das Dach des Stalles und begann zu flöten. Von den Flötenstimmen angezogen, kam der Wunderochse samt Stall zu Layue Shengs Haus.

Am nächsten Morgen suchten die Bediensteten des Grundherrn den Ochsen und den Rinderpferch überall und fanden sie schließlich bei Layue Shengs Haus. Da wurde der Grundherr zornig, ließ Layue Sheng fassen, ihn in einen großen Käfig sperren und befahl ihm: „Wenn du heute nicht achttausend *Mu* Feld für mich pflügst, werde ich dich zu Tode peitschen.“

Layue Sheng musste die Pflüge auf seine Schulter

nehmen und den Wunderochse aufs Feld des Grundherrn treiben. Hinter ihm, die Peitsche in der Hand, ging der Grundherr. Auf Layue Shengs lauten Ruf hin begann der Wunderochse zu pflügen. Die Erde wurde umgedreht, so wie Ströme nach hinten fluten, und die Steine von den Pflügen zerstückelt. Der Grundherr stand am Rand des Feldes und sagte zu sich, Layue Sheng und der Wunderochse schaffen so viel wie einige hundert Landarbeiter. Das freute ihn so sehr, dass er außer sich geriet und rief: „Gut so, gut so! Schneller, schneller!"

Der Wunderochse pflügte schneller und schneller. Es war, als hätten die Pflüge Flügel. Der Grundherr sprang in die Mitte des Feldes, ohne auf seine neuen Schuhe zu achten. Da drehte der Wunderochse sich wie der Blitz im Kreis, und mit jedem Kreis sank der Boden ein und versank letztendlich in einem unendlichen weiten Meer. Der Wunderochse trug Layue Sheng auf seinen Rücken aus dem wogenden Wasser und zu seinem Elternhaus. Vom Grundherrn aber fand man nicht einmal mehr die Leiche.

9. 神笛

（白族）

很久以前，在一个山坎坎里，有一个牧童，名叫腊月生，他每天都在大山箐里放着一条耕牛。腊月生自小就是个心灵手巧的娃娃，喜欢玩弩射箭，又吹得一手好笛子，所以大家都称他韩湘子。

有一天，他把耕牛吆到山箐里，让它在一块荒地上自由自在地吃草，自己就到竹林里面砍空心竹削笛子去了。不料这头耕牛跑到一家财主的庄稼地里去，给财主打死了；等腊月生出来找牛的时候，反被财主用马鞭子毒打了一顿。他年纪又小，说不过人家，只得忍着一肚子气跑掉了。那狠心的财主还放出两只恶狗去撵腊月生。腊月生一口气跑了几个山头，跑到一座大山上。山上面长着许多树，腊月生一手抓着树枝丫杈就爬上去躲着，两只狗在树下汪汪汪地叫了一阵，才夹着尾巴走了。

腊月生坐在树上，心里又气又恨，想起全家人就靠这条牛过活，现在给人家打死了，自己还挨了一顿打，真是有理没处说，就呜呜呜地大哭起来。

这时，树下忽然来了一个小孩，那小孩问道："腊月生，你哭什么？"

腊月生说："我家的牛给财主打死了，叫我怎么回去呀！"

小孩说：“你莫哭，如果你有本事，就到神山上去找那条神牛吧！”

腊月生问道：“什么神牛呀？”

小孩说：“我祖父说过，神山上有一条神牛，力气可大啦，一天会犁八千亩田，一夜会犁八百亩地。只要谁能找到神笛，神笛一吹，它就出来了。要是你能找到这条神牛，不是比你家的牛强几千几万倍吗？”

腊月生听完，就从树上跳下来，说：“我会吹笛子，但不知道这支神笛在哪里？”

小孩说：“那我可不知道，你自己去找吧。”

腊月生回到家里，想了又想，总想不出一点线索。到底这支神笛在哪里呢？最后，他决定明天去找神笛。第二天一早，他就带上一把砍刀，肩上挂着弩子，到山上去找神笛去了。

他独自在深山里走呀走的，一直找了两天，但这支神笛连一点影子也没有见着。第三天，天渐渐地黑下来了，腊月生还在山上转来转去的找。这山周围是茂密的森林，风一吹，发出哗哗的响声，阴惨惨的；远处又传来一阵阵老虎的吼声，把山谷也震得呜呜地响。腊月生心里害怕起来，赶忙爬到一棵大树上躲着。这时，对面山坡上忽然发出一道五颜六色的亮光来；亮光忽起忽落，一阵比一阵亮，一会儿像一座彩桥，一会儿又像一座宫殿。腊月生看呆了。再仔细看看，只见五色亮光下面有一窝竹子，竹枝在亮光下面摆来摆去。

“这是什么东西呀？那里有仙人吧？”腊月生觉得

很奇怪，胡猜了一阵，忽然兴奋地叫起来："那一定是仙人的竹子，我去砍它两根来削管笛子，不就是神笛了吗？……"腊月生高兴起来，马上要爬下树去砍竹子，但又想到：仙人住的地方，晚上去不得，他们会放野兽出来吃人的，等明早上再去吧。于是他就蹲在树上看那道变化无穷的美丽的亮光，一夜没有合眼。

鸡叫了三遍，东方渐渐发白；树林里的鸟雀也叽叽啾啾地唱起来了。腊月生摸一摸腰间的砍刀，紧一紧肩上的弩子，大着胆子爬下树来，朝着那窝竹子走去；走到离竹子四五丈远的地方，忽然呼的一声，跳出一只老虎来，张牙舞爪向腊月生扑来。他骇得大叫一声，倒退了几步，连忙取下弩，一箭就把老虎射死。才松了一口气，又呼的一声跳出一只老虎来，腊月生又一箭射去，射中老虎的眼睛；只见老虎大吼一声，跳起三丈多高，从山岩上骨碌碌地滚下去，一直滚到箐底摔死了。腊月生擦了擦脸上的汗珠，正想歇一口气，不料又跳出一只老虎；这家伙可凶啦，一下子跳到腊月生面前；腊月生来不及搭箭，只得顺手拔出砍刀，用尽全身力气，向老虎猛砍过去；砍刀正砍在老虎的脑门上，只听它大吼了一声，倒在地上；再砍几刀，就躺着不动了。

腊月生惊出一身冷汗；歇了一阵，不见什么动静了，才走进那窝竹林，砍了两棵竹子，细心地削起笛子来。从早上削到后晌午，笛子削出来了。腊月生想：让我试一试看。他吹了一声笛子，只见成群的鸟雀从四面八方飞来，有大的，有小的，有各种各样颜色的，什么奇奇怪怪的鸟都有。这些鸟在他头上盘旋着。他吹了第二声笛子，嘀，山上的山獐、马鹿、老虎、豹子，也成群结队地来了。腊月生继续吹着，美丽的笛声随着晚风飘荡在森林里。鸟雀在腊月生头上拍着翅膀，叽叽啾啾地唱着；野兽在腊月生旁边摇头摆尾地唔唔地合唱起来。腊月生一面吹一面看，但却不见神牛。于是腊月生就吹着笛子向山顶上走去。那些鸟雀也跟在头上飞；那些野兽也一群群跟在后面走。走了很远，还是不见神牛的影儿，腊月生着急了。腊月生爬到一块高高的山岩上，使劲地吹起笛子来。笛声像滚动着的珍珠发出的响声，响彻了山顶上的每一个角落。这时，远远走来一条大牛；它拖着慢腾腾的步子，摇头摆尾地向着腊月生走来；走到腊月生面前就驯服地站住了。

腊月生仔细一看，好一条大牛啊！长得又高又大，又肥壮又结实；一身黑色的毛，闪闪发光；鼻子上穿着一个铁圈；眼睛看着腊月生，像是要想说什么话。腊月生心里高兴极了，连忙解下绿色的藤子腰带，拴在牛鼻子的铁圈上。腊月生拍拍牛的背，神牛也转过头来，用舌头亲热地舐舐他的手。腊月生高兴地骑上牛背，一步步走下山来，走回家里去了。

腊月生回到家里，父亲母亲高兴得抱着他哭，问道："腊月生，你这几天到哪里去了？我们以为是野兽把你吃掉了呢？"

腊月生说："阿爹阿妈，你们不要哭，我到山里去找到一条神牛来了。这条牛可好啦，它一天能犁八千亩田，一夜能犁八百亩地呢！”

父母听了，像获得宝贝一样，跑出来看神牛；这个摸摸它的头，那个摸摸它的鼻子，喜欢得一夜睡不着觉。

第二天，腊月生和父亲赶着神牛去犁地，才一小会儿，就犁了一大片。父亲高兴地说：“够了，够了，再犁一阵，地就种不完了。”父子二人吆着牛欢天喜地的回家去。

这件事像一阵风似的吹到财主的耳朵里。这个贪心不足的家伙，恨不能马上就把这条神牛霸占过来。他抓抓脑袋打了一下主意，就把全家老小都叫出来去翻查陈旧的老账簿。翻了半天，在最后一本上，查出腊月生家在好几年以前借了他的五斗米没有还。财主喜欢得叫起来说：

“好了，好了，我去讨债去！”一面说着，一面就夹着账簿跑到腊月生家里，对腊月生的父亲说：“你们欠我五斗米，好几年了，连本带利已经有好几石了。到底哪天才还呀？”

腊月生的父亲说：“大爷，我们现在连吃的也没有，以后一定还你。”

财主说：“是不是想赖这笔债？”

腊月生的父亲说：“哪里敢赖你家的债，实在是一下子还不起，请宽限到明年吧！”

财主故意装做同情的样子说：“是呀，我也知道你的困难，但是债也不能不还呀！那么，你把你家的牛折给我，就算销了这笔债吧。”

腊月生听了叫道：“不行！不行！就是饿死了，也不能给你这条牛！”

财主翻下脸来说：“不行就还我的米来！”

于是就不容分说，把牛牵走了。财主得意洋洋地回到家里，专门为牛盖了一间铺地板的房子，还装上格子门，把牛关在里面。

腊月生心爱的神牛被人家霸占去，他怎么服气啊？到了半夜时候，他拿着神笛，爬到房头上吹起来；神牛听见笛声，就连着牛厩，一齐驮到腊月生家里来。

财主第二天早上起来，牛和牛厩都不见了，他叫人四处去找；最后在腊月生家里找到了。财主气得暴跳如雷，他叫人把腊月生抓来，关在一个大笼子里；把神牛也牵了回来。财主拿着鞭子，指着腊月生说：“听说你这条牛一天能犁八千亩田，今天你去给老子犁，要是犁少了一分，老子就打死你！”

腊月生没有办法，只得扛起犁头，吆着神牛到财主地里去犁地。财主甩着鞭子，亲自跟在后面监视。腊月生赶牛下地，他也下地，腊月生架犁了，财主就在旁边盯着。

开始犁地了，腊月生吆喝了一声，神牛走动起来了。犁得好快呀！泥土被唰唰地翻起来，像洪水一样往后涌去；石头也被犁得粉碎。财主在埂子上看着，高兴极了，心里想：只要有腊月生和这条神牛，就抵得上几百个长工了。想到得意之处，不觉在埂子上手舞足蹈起来，挥着鞭子叫："快，快，好哇！真好哇！"

神牛越犁越快，一圈比一圈快，简直就像飞一样；财主高兴得什么都忘了，也不顾新鞋子被泥土弄脏了，一步跳到田心里来看。这时神牛拖着犁头，就像闪电一样旋转着，快得叫人眼花缭乱，整个地面都旋转起来了！

到了最后，神牛转一圈，地就陷下去一截；再转一圈，又陷下去一截。转着转着，忽然哗啦一声，整块地都陷落下去，变成了一片白茫茫的海子；海水直往上冒。

这时，神牛把腊月生驾在背上，跃出了白浪翻滚的海子，飞也似的往家里跑去。而这个贪心的财主，却连死尸都找不到了。